COLLECTION FOLIO

Philippe Sollers

Vision à New York

Entretiens avec David Hayman

Préface de Philippe Forest

Gallimard

Préface

Les entretiens que rassemble Vision à New York *se sont déroulés en octobre 1978, c'est-à-dire il y a très précisément vingt ans. Depuis lors, beaucoup d'eau a coulé sous les ponts qui franchissent l'Hudson River, mais le livre n'a jamais cessé d'agir à sa façon secrète sur de nouveaux lecteurs qui ont découvert à travers lui l'œuvre romanesque de Philippe Sollers et la vision qui l'habite.*

L'ouvrage a paru une première fois en 1981 dans la collection « Figures » chez Grasset. La même année, Sollers livrait dans la collection « Tel Quel » le premier volume de son Paradis. *Lorsqu'en 1983,* Vision à New York *est repris en poche chez Denoël, l'auteur vient juste de signer* Femmes *dans la collection blanche des éditions Gallimard.* Paradis, Femmes *: c'est en fonction de ce formidable « coup double » (dont on mesurera de plus en plus clairement à quel point il est sans équivalent dans la littérature française actuelle) que* Vision à New York *demande d'abord à être lu.*

L'histoire de Paradis *a commencé au printemps 1974 dans le numéro 57 de* Tel Quel, *la grande revue de l'avant-garde littéraire fondée par Philippe*

Sollers au début de la décennie précédente. Un premier extrait du roman s'y trouve publié et désormais, chaque nouvelle livraison de la revue s'ouvrira par l'étrange feuilleton de ce work in progress : texte inhabituellement composé en caractère gras et italiques, sans ponctuation d'aucune sorte, ruban continuel de lettres se déroulant de page en page sans s'accorder la halte d'aucun retour à la ligne, texte perpétuellement soufflé vers l'avant, porté par le rythme de sa respiration propre. Singulier par une ambition qui l'apparente autant aux classiques les plus anciens de la tradition qu'aux expérimentations les plus modernes de l'avant-garde, Paradis s'offre comme une œuvre totale et infinie, recueillant en elle la somme et la possibilité de tous les récits, faisant passer celle-ci dans une langue inouïe de lyrisme où, sur la scène du texte, se conjuguent roman et poésie.

Au moment de sa sortie, le livre fait (comme on dit) événement. Chez ses premiers lecteurs, il suscite la stupéfaction, c'est-à-dire tantôt l'adhésion enthousiaste et tantôt la condamnation consternée. Par son envergure hors norme, à cause de la manière dont il se situe en dehors des repères ordinaires de la perception apprise, Paradis s'impose comme un ouvrage majeur, et pourtant il le fait à la façon d'un texte qui, prenant de vitesse ceux auxquels il s'adresse, risquerait pour cette raison même de ne jamais être véritablement lu. La nécessité s'impose d'une parole seconde accompagnant l'œuvre pour produire la preuve de sa réelle lisibilité.

En conséquence, Vision à New York se présente clairement comme le mode d'emploi de Paradis, l'auto-

commentaire destiné à assurer le retentissement d'un livre que son étrangeté même condamnerait autrement à l'isolement le plus absolu. Il s'agit pour l'auteur d'inviter à aller au-delà de la première réaction provoquée par l'avant-gardisme offensif de son projet, d'empêcher qu'on ne réduise Paradis *à un pur exercice de virtuosité verbale, mais qu'on reconnaisse en ce livre un vrai roman où un sens s'énonce bien. La démonstration est menée calmement, posément et dans le souci de la plus absolue rationalité. Elle fait apparaître en toute clarté les enjeux soulevés par l'œuvre (ce que, dans le langage de la critique littéraire, on nommerait les thèmes, les techniques...). Se saisissant de quelques pages de son livre, Sollers s'emploie avec succès à faire la preuve qu'il est capable aussi d'expliquer de la façon la plus simple et la plus directe un texte qu'on juge autour de lui indéchiffrable, inintelligible, quand on ne le verse pas (pour mieux s'en débarrasser) au compte d'un nébuleux ésotérisme poétique avec lequel il n'a rien de commun.*

David Hayman est à ce moment-là, pour Sollers, l'interlocuteur idéal. Universitaire américain, étranger à la vie littéraire française, il est à même de poser un regard préservé de tout préjugé sur une œuvre en cours qui n'a cessé de provoquer autour d'elle les réactions les plus contradictoires. Spécialiste de Joyce et de Mallarmé, auteur d'une très érudite comparaison de Finnegans Wake *et d'*Un coup de dés, *Hayman n'est susceptible de se laisser ni pieusement intimider ni inconsidérément séduire par un texte de la dimension de* Paradis, *qu'il aborde comme il le ferait de l'un des autres classiques de la moder-*

nité sur lesquels il a l'habitude de réfléchir. Une sincère curiosité de lecteur, une visible envie de comprendre l'habitent et appellent en réponse chez Sollers le désir d'expliquer, de convaincre.

Relisant aujourd'hui Vision à New York *et ce que Sollers y révèle du contenu de* Paradis, *on est frappé d'y découvrir également comme l'annonce tout à fait évidente des pages qui composeront* Femmes. *Pourtant, en 1978, Sollers ne s'est pas encore lancé dans l'écriture de ce prochain roman. Sans doute n'en a-t-il pas même encore conçu le projet puisqu'il présente* Paradis *comme l'œuvre exclusive à laquelle il a désormais décidé de se consacrer.*

Femmes *paraît en 1983 et, simultanément, Sollers quitte Le Seuil pour les éditions Gallimard tandis que sa revue,* Tel Quel, *meurt pour renaître aussitôt sous le titre de* L'Infini. *Roman à clés (où se font personnages certaines des figures les plus prestigieuses de la vie intellectuelle française, de Barthes à Lacan en passant par Althusser), roman à thèse (qui affirme dès ses premières phrases que le « monde appartient aux femmes c'est-à-dire à la mort »), ce nouveau livre surgit de façon forte et imprévisible sur la scène littéraire. Pour s'en féliciter ou s'en désoler, la critique reçoit l'ouvrage comme un geste de rupture, voire de reniement. L'auteur, pense-t-on le plus souvent à l'époque, semble désormais laisser derrière lui l'expérimentation avant-gardiste de ses textes antérieurs, leur ambitieuse abstraction, pour produire un roman d'une facture moins déroutante, ponctué, construit, déroulant une intrigue repérable, ancré de façon plus aisément perceptible dans le réel tel que le reflète d'ordinaire la littérature.*

Pourtant, ce que manifeste Vision à New York, *ce que ces entretiens rendent audible, est bien l'étonnante proximité des deux projets romanesques. Le commentaire que propose Sollers de* Paradis *éclaire par avance* Femmes. *Les deux livres disent le moment tournant de l'histoire qu'ils habitent et qui est encore le nôtre, vingt ans après. Le constat social et sexuel qui sert de base aux deux ouvrages est identique : il prend acte de la radicale séparation des sexes, de la réalité de fond d'un pouvoir matriarcal indissociable des formes les plus primitives et les plus permanentes de la religiosité, de la vaste et invisible tyrannie nouvelle qui met les moyens de la technique moderne (notamment dans le champ de la communication et de la procréation) au service d'un contrôle de plus en plus inflexible des expériences personnelles non intégrables, non rentabilisables à l'intérieur du système global. Tel que le met en lumière* Vision à New York, *le geste commun de* Femmes *et de* Paradis *consiste, hors de toute dévotion poétique aveugle aux enjeux réels, à rendre possible, dans et par une parole définie en fonction de toute une mémoire agissante du langage, ce que Sollers nomme alors le « drame de l'individuation ».*

Vision à New York *doit être lu comme le roman de ce double roman que composent* Femmes *et* Paradis. *Il en raconte l'histoire, en relate la genèse, montre comment (subjectivement, biographiquement, historiquement) devient possible cette expérience solitaire de liberté que, pour certains, réalise (à moins qu'elle ne la retranscrive ou qu'elle ne l'accompagne) la littérature. Les entretiens avec David Hayman donnent l'occasion d'une première récapitulation autobiogra-*

phique à un écrivain qui a depuis peu dépassé le milieu approximatif du chemin de sa vie et se trouve logiquement engagé dans l'écriture de sa Divine Comédie. *Sollers y évoque pour la première fois de façon directe des épisodes de son existence qui, déjà traités dans la grande machine poétique de* H *et de* Paradis *et pour cette raison passés inaperçus, formeront la matière du plus explicitement autobiographique de ses romans :* Portrait du joueur, *en 1985. À ce titre, l'ouvrage constitue, malgré sa brièveté, un document de première main sur l'histoire littéraire française telle que l'a traversée l'auteur. Sollers y évoque notamment ses débuts d'écrivain, sa rencontre avec Francis Ponge, la publication de son premier texte par Jean Cayrol, sa brusque et immédiate célébrité lorsque, âgé d'à peine plus de vingt ans, François Mauriac et Louis Aragon découvrent en lui l'un des plus incontestables espoirs de la jeune littérature française. Sollers décrit encore la configuration intellectuelle du début des années 60, l'alliance provisoire avec le « Nouveau roman » d'alors, la création de la revue* Tel Quel. *Mais les scènes les plus fortes restent d'une nature plus intime : l'enfance bordelaise pendant la guerre et l'occupation allemande condensée dans quelques vers de Hölderlin ; à l'adolescence, la lecture clandestine de Lautréamont chez les jésuites ; un exemplaire du* Tractatus *de Wittgenstein dissimulé dans un hôpital militaire de l'est de la France tandis que n'en finit pas de s'achever la guerre d'Algérie ; un passage de Maître Eckhart lu dans un cimetière pour accompagner l'enterrement de son père…*

La grande aventure secrète relatée dans Vision à

New York *reste celle de l'écriture. Chaque roman y apparaît comme une expérience singulière dont le roman, à son tour, peut être conté. D'ailleurs, chaque texte porte déjà en lui le récit de son propre surgissement. Le mouvement pensé des mots sur la page est déjà perpétuel et la parole vient le redoubler.* Drame ? *« La recherche d'une coïncidence aussi serrée que possible entre l'acte d'écriture et le récit, l'acte dictant le récit, le récit racontant l'acte [...], le monde s'écrivant et se lisant, le livre devenant monde... »* Lois ? *« J'ai commencé à entendre la réécriture du texte que j'étais en train de faire, à l'entendre d'une façon absolument chaotique, c'est-à-dire à voir des voix sortir petit à petit de tout ce travail de construction géométrique, comme si se levaient du texte des personnages vocaux qui commençaient à exiger la parole. » Puis l'annonce avec* H *de ce qui deviendra* Paradis : *« Je revois très bien le moment où, avec* H, *j'ai commencé à pouvoir disposer d'une beaucoup plus grande légèreté dans la façon dont se développaient non pas seulement les associations, mais l'ensemble de la scène, le roulement continu, l'individuation ambivalente, l'inscription de la lecture dans la récitation, tout cela condensé dans une sorte de glissement où je pouvais, à chaque instant, faire intervenir des choses de la vie courante, de la vie la plus quotidienne, la plus banale, prise dans une dimension qui rejoignait, à travers une mythologie personnelle, le niveau en expansion d'une mythologie générale, générée par le rythme même de ce que j'écrivais. »*

Il est rare, en somme, qu'un romancier s'avère capable de nous montrer et de nous faire comprendre ce qui se passe à même la page, dans la matérialité vécue et pensée de son travail. Il est plus rare encore qu'il le fasse sans se protéger derrière une mythologie creuse de l'inspiration et du génie créateur. La littérature ? Une expérience a lieu dans le texte et en raison du réel. Vision à New York *nous fait entendre la façon dont cette expérience peut être dite loin de la parole convenue et ressassée dont la société enveloppe ordinairement l'acte d'écrire pour en faire circuler d'acceptables et monnayables contrefaçons.*

L'histoire, bien entendu, ne s'achève ni avec Paradis *ni même avec* Femmes *et tout l'intérêt, aujourd'hui, d'une (re)lecture de* Vision à New York *est de nous en faire apercevoir la logique et la continuité. Sollers n'a pas cessé, depuis vingt ans, d'accompagner son œuvre d'explications, de commentaires, rassemblés dans* Théorie des exceptions *en 1986 ou dans* Improvisations *en 1990. Il faut citer également les entretiens avec Frans De Haes, parus d'abord dans* L'Infini *puis repris en 1992 sous le titre :* Le rire de Rome, *qui, à bien des égards et sous une forme très différente, semblent répondre aux conversations de* Vision à New York. *Il est clair encore qu'aucun des textes critiques offerts dans* La guerre du goût *(que ceux-ci traitent de peintres comme Fragonard et De Kooning ou de romanciers comme Céline ou Genet) ne peut être lu sans qu'on y entende aussi la voix de l'auteur disant et réfléchissant, sous le masque d'un autre, son propre projet d'écrivain.*

L'hypothèse ordinairement acceptée par les lecteurs est que quelque chose de décisif s'est joué dans l'œuvre de Sollers entre Paradis *et* Femmes. *Et cette hypo-*

thèse, sans doute, n'est pas fausse, quoiqu'elle taise tout du moment de Lois *où s'effectua (*Vision à New York *en parle explicitement) le renversement majeur, c'est-à-dire la conversion de l'acte d'écrire (pour le dire vite mais mal) de son intériorité vers son extériorité. À cet égard, le choc de* Femmes *ne fut, à une décennie de distance, que le choc de* Lois, *redoublé et rendu visible.*

Mais accepter l'hypothèse de lecture la plus simple a l'intérêt de nous amener à considérer toute l'œuvre de Sollers comme s'organisant autour de ce moment très particulier du temps à quoi correspond donc le passage de Paradis *à* Femmes *et qu'occupe, de façon discrète,* Vision à New York. *Dès lors, en effet, les entretiens qui composent ce dernier livre peuvent être envisagés comme une sorte de centre de gravité provisoire en raison de quoi tout se répond et s'équilibre : un vingtaine d'années sépare l'écriture des premiers textes (*Le défi *en 1957,* Une curieuse solitude *en 1958) de l'instant de* Vision*; une vingtaine d'années encore court jusqu'à la publication, en 1997, du dernier en date des romans de Sollers,* Studio. *L'image est d'ailleurs à interpréter moins de façon temporelle que spatiale, comme si les différents livres, tout en se succédant les uns aux autres à l'intérieur d'une série ouverte, se disposaient également ensemble dans une sorte d'espace simultané destiné à être parcouru dans toutes les dimensions à la fois (tel est le temps perpétuellement retrouvé qu'évoque Sollers dans sa préface à* Théorie des exceptions *et où les expériences artistiques en apparence les plus éloignées se découvrent réellement contemporaines les unes des* *autres). En ce sens,* Vision à New York *ne délimite pas un « avant » et un « après » qui se feraient suite. Ce livre définit plutôt une manière de lieu géométrique autour duquel s'organise pour l'esprit la dispersion symétrique des différents textes dans l'espace total (en expansion constante) de l'œuvre.*

On a déjà eu l'occasion d'insister sur la façon dont Vision à New York *éclairait la solidarité de fond unissant* Femmes *et* Paradis, H *et* Portrait du joueur. *Mais la démonstration pourrait aisément prendre un tour plus global. D'autres romans, en effet, ont suivi :* Le cœur absolu, Les folies françaises, Le lys d'or, La fête à Venise, Le secret, Studio. *Considéré depuis le lieu de* Vision, *ce second versant de l'œuvre romanesque fait face au précédent (*Une curieuse solitude, Le parc, Drame, Nombres, Lois*) selon une logique que les entretiens avec David Hayman soulignent. Ce qui se raconte là de l'écriture continue à se jouer dans les textes les plus récents. Depuis le début (mais avec une insistance sans doute croissante), les romans de Sollers disent l'histoire où nous vivons, marquée par ses concrètes catastrophes sans nom, habitée par le nihilisme inavoué qui se confond avec notre civilisation. Ils en font entendre la rumeur de fond, la cacophonie perpétuelle qui résonne jusque sur la scène intime de toute conscience. Et dans ce décor d'apocalypse sourde, ils relatent l'aventure d'un sujet qui, aménageant autour de lui les conditions d'une solitude extrême de pensée, s'offre à lui-même la chance d'entrer dans ce que l'auteur nomme splendidement l'« humble et insolent paradis de la certitude ». L'épure géométrique de*

Nombres, *l'opéra verbal de* Paradis, *le roman picaresque de* Femmes, *le récit contemplatif de* Studio *donnent tous à lire cette expérience incessante pour l'intelligence de laquelle* Vision à New York *offre de premières clés.*

Il arrive souvent qu'on me demande quoi lire de Philippe Sollers. Et comme je sais que l'abondance de preuves lasse la vérité, que les lecteurs qui m'interrogent sont le plus souvent paresseux ou pressés, qu'il serait indécent d'exiger d'eux la lecture d'un livre tout entier, je leur fais toujours la même réponse et les renvoie à l'avant-propos de Vision à New York. *Il me semble qu'on a rarement réussi à faire tenir dans un texte aussi bref une méditation à ce point concentrée, riche et belle sur ce qu'il en est de l'expérience nue d'écrire. La vision est là (« contre le monde »), et d'elle tout se déduit : le regard surplombant posé sur la fastidieuse et asphyxiante mécanique sociale, la perception hallucinée du « trou de néant » ouvert parmi les phénomènes, l'entrée dans ce « trop du temps » où chaque détail habité recèle en lui l'« irréfutable ». Regardez comment s'achève ce texte et constatez qu'il est logique que, pensant ce qu'est l'essence de la vérité, il se termine sur le mot « liberté ».*

Philippe Forest

« These our actors,
As I foretold you, were all spirits, and
Are melted into air, into thin air;
And, like the baseless fabric of this vision,
The cloud-capped towers, the gorgeous palaces,
The solemn temples, the great globe itself,
Yea, all which it inherit, shall dissolve,
And, like this insubstantial pageant faded,
Leave not a rack behind. »

SHAKESPEARE,
La Tempête, IV, I.

« Dans sa partie principale, l'expulsion du Paradis est éternelle ; ainsi, il est vrai que l'expulsion du Paradis est définitive, que la vie en ce monde est inéluctable, mais l'éternité de l'événement (ou plutôt, en termes temporels : la répétition éternelle de l'événement) rend malgré tout possible que non seulement nous puissions continuellement rester au Paradis, mais que nous y soyons continuellement en fait, peu importe que nous le sachions ou non ici. »

KAFKA,
Préparatifs de noce à la campagne.

Avant-propos

Plus j'écris, plus je vois.

J'entends, je parle, je vois, je disparais dans ce qui s'écrit en moi. C'est une vieille, très vieille expérience toujours nouvelle et qui, chaque fois, me reprend avec une violence, une légèreté inconnues. C'est, et ce n'est pas, dans le temps. C'est au bord du temps, dans la fuite du temps, à la fin du temps. C'est de maintenant et de toujours, la chose la plus personnelle, la plus impersonnelle. La plus familière, la plus étrangère. La plus rassurante, la plus inquiétante ; la plus interrompue, la plus soutenue. Chaque jour, aux moments les plus différents du jour ; et la nuit, à travers le rêve, ou réveillé comme jamais au cœur du silence de toutes les nuits. Année après année, à quoi bon compter les années ? Je sais que je n'ai pas vraiment décidé de cette vie-là, ce retrait-là, ce malentendu permanent avec les autres. Malentendu qui s'accroît et que je ne fais rien pour atténuer, au contraire. Ne pas s'expliquer, ne pas se plaindre ; *never complain, never explain* :

cette devise laconique et britannique est finalement la seule qui vient diriger mon comportement. Pour ne pas s'expliquer, pour en avoir le droit, encore faut-il être sûr d'avoir la force de ne pas se plaindre. Je ne me plains pas. Mais il faut du moins que j'explique un peu pourquoi je ne tiens pas à m'expliquer. Pourquoi, ayant été atteint par cette maladie particulière, j'accepte sans regrets de me perdre en elle.

Je revois, avec une précision photographique, un certain moment enfantin. Je suis à ma table d'écolier, un cahier ouvert devant moi. Il pleut, le jardin est silencieux, la masse brouillée des feuillages avance peu à peu vers moi du fond d'un horizon qui vient de s'ouvrir comme un livre. Ce volume est blanc, il est vide, il fonctionne comme un appel d'air jamais ressenti. Sous mes yeux, là, sur la page du cahier de géographie, une soudaine décomposition est en train de se produire. Les lettres commencent à se détacher de la surface, à respirer, à vivre, à danser; elles sont l'ombre portée d'un son que je n'entends pas mais qui me traverse. J'ai huit ans, il vient d'y avoir une guerre, il y en aura d'autres, sans doute, je ne sais pas ce qu'est une hallucination. Ce dont je suis sûr immédiatement, en revanche, c'est que je viens de découvrir la grande chose ensevelie, interdite, absolument hors de question, sur laquelle il faudra se taire et encore se taire. Le secret simple, terrible, comique, évident. Mais pourquoi n'en disent-ils rien? Pourquoi cet accord fébrile pour dissimuler l'essentiel ? La vie n'est pas ce qu'on croit, et la mort non plus, et si le théâtre est donc truqué, faussé à la base, il faudra faire attention, très attention à préserver, contre tout et tous, ce point d'infini, ce point magique. La magie est entrée en moi, elle m'a fait savoir son pouvoir.

Il s'ensuit un dédoublement logique. On a tout dit, ou presque, sur l'individualité d'écriture, son état d'exception, ses déchirements, sa condition, sa passion. Je ne citerai pas les noms : chacun les connaît, les classiques et les moins classiques, les très anciens et les très modernes, ils sont là rangés dans la bibliothèque derrière moi, ce sont nos saints, drôles de saints parfois, on les commente ou on les conjure, voilà, c'est la loi du jeu des survivants, de ceux qui se croient vivants dans le temps. Ce qu'il faut dire, c'est en effet la guerre. Entre quoi et quoi ? Eh bien, entre le point de vision, justement, et le reste, tout le reste. Entre cette pointe de fuite, d'effraction, de subversion sans raison, et la grande machine à reproduire le décor et la règle. La pointe est brûlante, elle est la vérité même, elle démontre qu'il n'y a qu'une insistance de sujet dans un tourbillon inconsistant d'objets, mais elle ne peut pas être un objet, précisément, elle ne peut pas s'imposer. Son histoire sans histoire ne sera que celle des visions successives auxquelles elle a donné lieu : une épopée de signatures, des annales de sculpture, de peinture, de musique, de littérature. Récits, romans, drames, ensembles lyriques, c'est la tapisserie fourmillante des phrases, des personnages spectraux, des voix, des accents. Entrer dans la trame, se fibrer en elle, se tisser, s'effacer, se recomposer en elle autrement, voilà une biographie qui, encore une fois, ne peut pas être choisie, mais qui tombe. Ça vous tombe dessus, ça vous sépare, ça vous met à part, ça ne vous lâche plus. Et une fois que c'est arrivé, la croyance qu'il y a un monde, et pourvu de sens, est irrévocablement révolue.

À partir de là commence le mensonge obligatoire. Famille, école, religion, désirs sexuels, travail, philosophie, politique : le sujet, comme au jeu de l'oie, va parcourir les cases qui lui sont assignées par la roulette de répartition des places. Il a un corps, il n'est pas né n'importe où ni n'importe quand, il faut qu'il se justifie d'être tel ou tel, qu'il communique, comme ils disent, qu'il se rende reconnaissable, utile. Le voilà dans l'incessante manipulation : il aura des idées, des opinions, des aversions, des versions. Qu'est-ce qu'on lui demande par-dessus tout ? De produire une image stable. D'être un pion vite évaluable sur l'échiquier. D'être *marqué*. Sinon, que voulez-vous, ça se soigne. La profonde passion humaine ne se joue pas ailleurs que dans cette nécessité maniaque de la définition généralisée. C'est là que veille la seule certitude que nous puissions avoir en passant par cette espèce, notre espèce : la malveillance règne, elle est éternelle, elle surveille son troupeau, elle doit colmater les issues, boucher les trous, raconter d'où ça vient et où ça va, où ça doit aller, selon les moments, les rapports de force, les forces. Il y a une sorte d'invisible main de fer refermée sur les acteurs et les spectateurs. Ce qu'ils imaginent être eux, leur identité, leurs pensées, leurs désirs, est prévu et orienté depuis toujours, appelons ça le programme, on applique telle ou telle partie du programme, elles peuvent être contradictoires, mais on ne met pas le programme lui-même en question. Bien sûr, dans cet océan de petite haine, avec de temps en temps ses grandes explosions sanglantes, vous trouverez des appuis, des alliés. Des femmes, comme par hasard. C'est elles qui trahissent le mieux le Programme, peut-être parce que, au fond, elles en sont comme animalement averties ? N'est-il pas fait pour elles et par elles, en leur nom mais ne devant le dire à aucun prix ? Quelques femmes, donc, et qui vous trahiront, pour la plupart. Mais quelques amis aussi. On se salue finalement de loin, on aura été voisins dans l'irréparable.

Il faut comprendre les nazis : ils avaient la certitude d'être venus pour en finir, une bonne fois, avec un ennemi universel, aussi précis qu'insaisissable. Le peuple du Livre, justement. Par conséquent, celui de la trace ouverte sans fin reprise, du déplacement, du recommencement imprévu. Il ne faut pas chercher dans l'histoire et dans le monde la cause de leur volonté d'anéantissement et d'assassinat. Il est dans la Bible. Et en toutes lettres, c'est-à-dire illisible à jamais à force d'aveuglante clarté. C'est d'ailleurs pourquoi quelque chose, là, ne peut que se reproduire indéfiniment. Je me rappelle, dans les rues, la brusque floraison des étoiles jaunes : comment ne pas comprendre que le mot *juif*, inscrit dans son astérisque flamboyant et solaire, *signait* brusquement le point de fuite de l'aventure humaine ? Les autres, tous les autres, sont chez eux, ne l'oublions pas, et chez eux on doit être ceci ou cela, appartenir à ceci ou à cela ; on doit pouvoir répondre, expliquer son parcours, reconnaître ses erreurs, ses torts, c'est le tribunal de la conscience totaliste et propriétaire. Mais celui dont on n'est jamais sûr, l'ondoyant et divers, qui procède de biais, en zigzag, qui change de rôle, de points de vue et presque d'apparence ? Qui ne se laisse pas prédiquer ? Qui paraît se moquer de multiplier ses habits ? Comment l'arrêter ? Comment l'empêcher de nuire ? Comment éviter sa corruption, sa démonstration qu'il n'est en somme qu'un passant, promis à autre chose, à un avenir incommensurable, à un autre monde peut-être ? En le poinçonnant comme être irrécupérable. J'aime ces termes d'infamie qui ont consacré, au long des âges, une réelle impossibilité de penser simplement. J'aime les noms qu'on a essayé de rendre, avec un acharnement significatif, péjoratifs : l'hébreu, les juifs, les manichéens, Machiavel, Sade, Masoch, le chinois, les jésuites. Ils m'ont toujours semblé dépositaires d'un minimum d'intelligence dans un univers de bêtes frontales et rancies.

La vision comme je l'entends est *contre* le monde, c'est, par sa façon même de se tenir dans un langage qui ne se referme pas, un antimonde. Quand elle a cédé, elle devient « du monde », et c'est en effet le demi-jour somnambulique des « visions du monde » : dites-nous comment vous voyez la construction de l'illusion, participez-y, engagez-vous dans la pièce, renoncez à savoir qui l'écrit vraiment. Renoncez, votre question est sans objet, vous entrez dans la métaphysique. Voyez-les comme ils sont pressés de se compresser à l'ombre d'une représentation paternelle. Le marché du père mort, c'est bien cela, n'avoir plus droit qu'à la légende, au sous-titre, au défilé égalitaire et fraternel derrière le cercueil, à la répétition des anecdotes ou des citations célèbres, direction impasse, direction mausolée. Un enterrement unanime, quelle condamnation ! Ainsi vont les grandes pensées qui n'ont pas compris en elles-mêmes le principe de leur dissolution, leur négatif atomique, leur effervescence inapplicable. Marx a eu une grande vision, je plains celui qui n'en a pas ressenti la rigueur. Freud aussi. Mais quel désastre de réduction leur est arrivé de la part des machinistes, et j'ai été un peu machiniste moi aussi, ou peut-être ai-je fait semblant, personne ne le sait, en tout cas j'ai fait un stage dans la mécanique, je sais de quoi je parle, je sais ce qu'on a tout compte fait raison de me reprocher (pas grand-chose). À ceci près que le reproche est encore plus violent si on déclare qu'on n'occupera plus sa place dans l'organisation du spectacle, dans le computer GSI en train de devenir universel. GSI ? Gestion des surfaces imprimées, imagées, imaginaires. Gestion des suggestions d'identification et d'inhibition. Le ressentiment s'aggrave si l'on ne veut plus être souffleur, figurant, marionnette, éclairagiste, costumier, sloganeur, crieur, aboyeur, insinuateur, caissier, imprésario, speaker, présentateur, reporter, éditorialiste ou chef de rubrique, simple passeur éditeur, pressionneur de presse, médiatiseur, ensembleur des organes publics. Mais quoi ? On se prend pour l'Auteur ? Shakespeare lui-même ? Solitude absolue ? Comme Dieu ? Dieu n'est pas un artiste a-t-on dit, et c'est très vite dit. Dieu est inconscient, a-t-on ajouté, et c'est déjà moins superficiel quoique encore très timide. Dieu est mort nous semble aujourd'hui une formulation enfantine. Comme nous semblent puérils les rayons dans le cul du président Schreber, ou cette touchante déclaration de Sade, dans son laborieux poème didactique *La Vérité*[1], comme quoi il aimerait l'enculer, ce Dieu, — décidément, on ne sort pas comme ça de ce dos-là, ni de ce derrière. Dieu : fonction d'infini qui déclenche, automatiquement

1. Sade, *Discours contre Dieu*, recueillis et préfacés par Gilbert Lely, 10/18, 1980.

et obsessionnellement, le barrage organique répétitif, l'obscène cancer vaginal, intestinal, phallique-anal dans sa mécanique viscérale de foutre et de merde, un grouillement de charnier et d'amour du charnier... Dieu, révélateur de la jouissance négative de la perversion, volonté perpétuée, pour le nier, des déchets voulant rester des déchets... Dieu : ce que la mort, par son refus même, affirmant l'indéfini de la mort en vie, manifeste comme étranger à la mort comme à la vie, ou plutôt comme relevant d'une tout autre économie que celle du sexe de la mort en vie... Au demeurant, il ne s'agit même pas de Dieu, non, voilà encore un rôle prévu par l'ordinateur GSI (adhésion, réfutation, excitation), mais de ce point discret, point de vide obstiné, rongeur, qu'on a vu et qui vous a vu et sur lequel vous ne pouvez plus refermer les yeux, quel que soit l'enjeu.

Parlons donc métaphysique, puisque la politique elle-même n'en est qu'un des masques. La métaphysique est de l'antimatière en mouvement, elle se dit à travers de curieuses inventions, le sacré on appelle ça, à tout hasard, ou les religions, ah les religions ! Ce qu'on appelle résistance à l'oppression du monde et qui a pris, et prendra de plus en plus, à la fin de ce siècle, la forme spectaculaire d'un « retour du spirituel » — selon la formule marchande —, n'est sans doute que la manifestation de cet anti-monde trop malmené par notre monde. La vision de Marx, cette histoire soudain apparue toute simple dans sa causalité, comme infiniment complexe dans ses détours ; la vision de Freud, cette limite sévère dérobée du sexe, il n'y a qu'à les prendre avec soi et aller plus loin, au lieu de s'épuiser à les imposer ou les réfuter. Cela fait même longtemps qu'il est plus qu'urgent, ici, de plier bagage. Nous cherchons l'irréfutable ? Soit ! Il est là sous notre regard, la moindre œuvre d'art le fait éclater sans fin. Cette *Pietà* de Giovanni Bellini, à Venise, est irréfutable : ce corps plâtreux et terreux sortant ou rentrant dans la pierre comme une pierre à l'intérieur entrebâillé de chair, ce corps en train d'achever de mourir ou de recommencer à vivre, bouche ouverte expirante ou aspirante, je ne peux que réfléchir ensuite en quoi il dit la vérité de la passion du Christ. Ce que j'ai à saisir tout de suite, c'est ce presque rien du bras droit veiné pincé par l'ange de droite, bien vivant, lui, mais d'une autre vie que ma vie. Il touche la veine bleue à peine endormie, il ouvre lui aussi la bouche, et je suis bien forcé d'éprouver la clé sonore qui tout à coup éclate dans le tableau comme un accord inaudible. Au croisement de la vie et de la mort, dans ces voiles de palais muets mais qui vont chanter : un son, à l'envers. Je le vois pour qu'il soit dit que je ne peux pas l'entendre. Mais il a plus de réalité explosive que tout ce qui s'étale ici, dans les salles du musée : histoire de la ville, constructions navales, armures, monnaies, cartes, trophées... L'argent s'est gagné, dépensé ; les corps ont travaillé, mangé, déféqué, joui, souffert, réfléchi, calculé, se sont entre-tués pour la puissance et la gloire —, et une simple note de musique peinte au juste point vulnérable vient signer pour moi le fond du débat. L'année 1499 est ici, elle parle. Et tout vient se nouer là, le temps qu'il fait, les nouvelles du jour, les cours de la Bourse, une intervention militaire, les élections, les attentats, le visage d'Ingrid Bergman à la télévision jouant à l'empoisonnée dans *Notorious*, la dernière découverte scientifique, l'immense abandon des foules, un congrès de psychanalyse, les controverses prévues sur l'avenir du communisme, la manie sexuelle publicitaire, les voyages du pape. La vision de Bellini a gagné pour un instant permanent inqualifiable. À peine un froissement, dessin et couleurs, et l'issue est là.

Je reviens à la vision d'enfance — hallucination si l'on veut — dont j'ai parlé. La page d'écriture s'agite, montre sa fragilité sans bords, sa relativité par rapport à un son opérant depuis un fond décollé qui chasse devant lui l'espace. Je suis compris dans ce son, le volume aussi, le temps dilaté paraît prendre une dimension de siècles. C'est un *trop* de temps dans lequel je peux dénombrer, si je veux, tel ou tel fragment, une suite de scènes en suspens. Je deviens l'écho d'un point à l'infini, la vérité se donne comme surgissant d'un rejet forcené, détonation de bouchon qui saute, effet de tourbillon terrible et comique. Pourquoi ? Il y a un trou dans tout ça, et personne ne veut le savoir. Ce trou n'a rien de matériel, d'organique, c'est un trou de néant dans la trame même de la lettre, et personne ne l'aperçoit, là, en évidence, trop en évidence, et l'évidence n'est rien d'autre que la croyance maternelle à la fixation voilée du père mort. La lettre n'est stable que de répéter le meurtre d'un soi-disant père toujours déjà mort. Mais le voilà vivant, au contraire, et la voilà elle aussi vivante qui se met à voler, lettre coupante et volante, « comme un glaive à deux tranchants », décachetant et retournant l'étendue sur sa durée fausse. La voilà entendue, soufflée par une bouche elle-même prononcée à l'intérieur d'une parole brûlant du néant qui lui donne corps. Est-ce cette parole dont Paul lui dit qu'elle « opère et crée ce qu'elle fait entendre » ? En tout cas, la première personne qui l'habite me transforme en deuxième personne divisée, par rapport à une troisième, imminente, dont je connaîtrais la langue sans savoir la parler. Quel est maintenant ce nouveau nom qui est de plus en plus en moi, rien que moi, et en même temps plus que moi, indécidable ? Quel est ce nom de non-sens qui me fait soudain anonyme dans le flux agité des noms, et cependant encore moi là où il n'y a plus aucun nom ? Je suis, moi, avec mon nom, comme le prénom de ce nom, plus encore que son surnom ou son pseudonyme. Nous formons une sorte de *transnom*. Un spasme dans la fonction de nomination, un passage à sec dans la mer soudain fendue pétrifiée des noms. Qu'est-ce qui parle de ça, à partir de ça, vers ça ? Les écrivains, bien sûr, mais d'abord les écrivains au sens absolu, ceux qui, en envoyant dans la durée quelques hymnes, quelques prophéties, quelques lettres, ont justement noué le nom au prénom par rapport à l'effet décapant du nom. Ils s'appellent par exemple Job, Salomon, David, Isaïe, Jean. Ils s'appellent l'interpellation elle-même. Ouvrons par exemple le Psaume 139, « hommage à celui qui sait tout », et entendons-le à travers la danse et le chant de David, celui qui, par excellence, danse et chante :

« C'est toi qui m'as formé les reins
qui m'as tissé au ventre de ma mère
je te rends grâce pour tant de prodiges
merveille que je suis, merveille que tes œuvres.

Mon âme, tu la connaissais bien,
mes os n'étaient pas cachés de toi,
quand je fus façonné dans le secret,
brodé au fond de la terre.

Mon embryon, tes yeux le voyaient :
sur ton livre, ils sont tous inscrits
les jours qui ont été fixés,
et chacun d'eux y figure[1]. »

1. Psaume 139, 13-17. Il faut relire le merveilleux parallèle formel que trace Chateaubriand entre Homère et la Bible : « Dans quel monde inconnu le prophète vous jette

Voilà : je suis donc un tissage et une broderie vus d'ailleurs, écrits d'ailleurs, je ne viens pas seulement d'un fœtus débité par la mécanique enracée et enracinée reproductrice, et c'est exactement la même chose d'être façonné invisiblement dans une matrice par un nom qui ne s'y réduit nullement que d'avoir la révélation du Temps et de son chiffre. À l'autre bout de cette vision ponctuelle peut alors s'inscrire celle, panoramique, de Jean : « Après quoi, voici qu'apparut à mes yeux une foule immense, que nul ne pouvait dénombrer, de toute nation, race, peuple ou langue[1]... » Je ne suis pas limité à mon embryon ni à mon cadavre, comme veut me le faire croire le refoulement originaire de la parole, refoulement hypersexuel, si fort, si essentiel, si unanimement, totalitairement et démocratiquement perpétué, que sera aussitôt sacralisée, c'est-à-dire rendue inopérante, l'expérience qui vient fissurer cette limite sans s'y engloutir. Je suis de l'anti-monde parlant avant même de parler, et bien au-delà de ce que la torpeur physique m'empêchera à jamais de dire. Je n'ai donc pas à me laisser assigner à quelque résidence ni à quelque communauté

---

tout à coup ! Quel est celui qui parle et à qui la parole est-elle adressée ? Le mouvement suit le mouvement, et chaque verset s'étonne du verset qui l'a précédé » (Chateaubriand, *Le Génie du christianisme*).

1. Apocalypse, 7, 9.

que ce soit, surtout pas à la catégorie « homme », encore moins à celle d'« intellectuel ». Je dois rire sans cesse de toutes les surveillances, de tous les devoirs comme de tous les pouvoirs, me constituer comme passage de plus en plus conscient de signer la page infinie, flottante, emportée, consumée. C'est, en somme, ce que je dois, *pour enfin ne pas être*, me laisser écrire. C'est la forme ultime, et qui, par conséquent, ne peut ressembler à aucune autre, de ma liberté.

Ces entretiens ont été réalisés en octobre 1978 à New York, 31 Jane Street, 16ᵉ étage, près de Greenwich Avenue. Été indien, vue sur l'Hudson. David Hayman était venu de Madison, nous avons passé quelques jours ensemble. C'est pour moi le moment de la rédaction du dernier quart du premier volume de Paradis.

J'aime New York. J'y vivrais avec plaisir si j'en avais les moyens. Ciel ouvert, très haut ; soleil fort, coupant ; océan ; air de l'océan ; lumière qui réveille ; longueur d'ondes nette. La France et Paris sont plutôt pour moi un tassement, un exil ; mettons que je ne sois pas là, excusez-moi encore une fois d'être là.

D'où ce livre de conversation avec un Américain. Un peu moins de malentendu, peut-être. Mais je voudrais le dédier aussi au souffle européen : Venise (ville pour moi dix fois sainte, où je revois, un matin, sous mes fenêtres, le vieil Ezra Pound, l'année de sa mort, regarder longuement ses mains dans le jour tremblant), Milan, Florence, Madrid, Barcelone, Londres, Bruxelles, Amsterdam. À un écrivain français de l'avenir, j'ai envie de dire simplement :

« Pars ! vite ! écris comme si tu t'en allais chaque fois ! tiens bon ! emporte ta langue avec toi ! »

Jamais assez seul sur cette planète ! Au revoir ! On reverra ça plus tard !

Ph. S.,
juin 1980.

I

David Hayman : Tu te trouves un peu français, un peu anglais, un peu espagnol... On pourrait peut-être parler de ta jeunesse... En général, on commence par la date de naissance...

Philippe Sollers : Oui, c'est ça, on croit que le commencement des commencements est la naissance biologique — ce qui est déjà énigmatique. Comme tu le sais peut-être, les Chinois datent un enfant qui naît d'un an. Il a presque déjà un an lorsqu'il apparaît, c'est-à-dire que, finalement, on ne considère pas qu'il prend seulement date au moment où il surgit dans le monde extérieur. On pense donc qu'il était déjà « au monde » auparavant. La conception est conçue comme faisant partie du monde. Mais cette façon de dater l'apparition dans l'existence va être soumise de plus en plus à des mutations parce que, d'une part, la génétique n'arrête pas de faire des bonds, d'autre part, on rentre dans une dimension transbiologique où le fait de dater un corps de l'intérieur va de plus en plus ébranler la « conception du monde » qui se construit sur ce moment prétendument clé, la naissance, — ce qui va aussi perturber cet autre moment prétendument clé qu'on appelle la mort et qui en serait l'autre bout. Par conséquent, dans cette géométrie de l'apparition et de la disparition des corps, est en train depuis déjà longtemps de se produire, à mon avis, une grande révolution qui va transformer en profondeur les imaginations. Mais alors, jouons le jeu et faisons semblant d'être dans l'ancienne géométrie, c'est-à-dire faisons semblant d'être nés à telle date et à tel endroit. Pour moi, c'est fin 1936 à Bordeaux, en effet. Il y a deux façons de considérer une naissance : l'espace, le temps. Dans le temps, c'est la période de la guerre d'Espagne. Et, en étant l'autre jour au Musée d'art moderne de New York, je me rendais compte que, finalement, je devais avoir deux ou trois mois quand Picasso a peint *Guernica*; je devais avoir deux ans, quand Webern a composé son *Quatuor opus 28*... Pourquoi ne pas voir la chose comme ça ?

D. H. : Pourquoi pas ?

Ph. S. : C'est une façon de changer les cadres. Dans le temps, c'est la guerre d'Espagne et, en France, c'est très exactement le Front populaire. C'est la montée de la Seconde Guerre mondiale. Et sur toutes ces choses-là, j'aurais énormément de choses à dire comme impressions enfantines, d'autant plus, bien sûr, que l'un de mes premiers souvenirs, c'est, derrière les volets clos, porté dans les bras de ma mère, le fait que j'entends et j'aperçois très confusément l'entrée des Allemands.

D. H. : À l'âge… ?

Ph. S. : À l'âge de trois ans, trois ans et demi. L'un de mes plus anciens souvenirs, c'est celui de l'exode, c'est-à-dire non seulement l'entrée des Allemands, mais l'arrivée des flux de populations sur Bordeaux. Bordeaux est traditionnellement la ville en France où le gouvernement central se replie dans les périodes de guerre. Et j'habitais, moi, à Bordeaux, à l'entrée de la ville par le sud. C'est là que, depuis la guerre de 1870, lorsque Paris est pris, est menacé, se réfugie la France. Flux de populations très étrange, parce que c'est, d'une part, la fuite vers le Nord des réfugiés espagnols, avec très tôt cette langue chaude dans l'oreille, parce qu'il y a à ce moment-là une fuite constante, une hémorragie espagnole. Et la guerre d'Espagne s'est terminée sur la frontière entre Bordeaux et l'Espagne. C'est là où les derniers combats se sont menés…

D. H. : Dans le Pays basque.

Ph. S. : … dans le Pays basque. Et le Pays basque a aussi, pour moi, une certaine importance, puisque c'est là où j'allais, de temps en temps, passer mes vacances. Et la langue basque m'a très tôt intrigué. C'est une langue, comme tu le sais, qui n'a absolument rien de commun avec les nôtres… (Phrase en basque.)

D. H. : D'accord ! (Rire.)

Ph. S. : C'est, d'autre part, descendant du Nord, toutes les populations touchées par la guerre un peu plus tard, la guerre mondiale cette fois-ci, c'est-à-dire Belges, Hollandais... Il y avait aussi beaucoup de réfugiés italiens.

D. H. : Des Italiens ?

Ph. S. : Oui.

D. H. : Et ils viennent d'où ?

Ph. S. : Ils sont réfugiés du fascisme, déjà depuis longtemps. Mais enfin, ça s'accentue au fur et à mesure que l'Allemagne progresse. Et il y a dans l'usine qui est à côté de la maison où j'habite, l'usine qui appartient à mon père, il y a beaucoup de travailleurs étrangers, Espagnols, Italiens notamment. Et aussi des Vietnamiens, des Arabes. Donc, si tu veux, c'est, dans les trois, quatre, cinq premières années, ce que je retrouve comme souvenirs, celui d'un très grand mélange de populations, de langues et de situations extrêmement perturbées, n'est-ce pas, parce qu'il y a le fait que rien n'est à sa place.

D. H. : Et tu le savais à cette époque-là ?

Ph. S. : Je le formule maintenant comme si je le savais. Dans un coin du tableau, à ce moment-là, je suis simplement un enfant qui s'aperçoit simplement que l'atmosphère normale est celle d'une très grande perturbation. Je ne trouverai la sensation d'une société dite régulière ou normale que très longtemps après, c'est-à-dire vers 1945 ou 46, après la guerre, c'est-à-dire d'une société où il y a un pays unifié qui a l'air d'exister, de fonctionner. C'est donc à peine à huit ou neuf ans que cette sensation me sera donnée. Avec celle du vrai pain, du « pain blanc » — le pain « d'avant-guerre » — qui arrive en même temps que les Camel et le jazz[1]. Et puis la France s'est partagée en deux assez vite, etc.

D. H. : Mais cette histoire…

Ph. S. : Je ne suis pas patient. Je ne peux pas le dire autrement… Grande perturbation !

D. H. : Mais comment cela s'est-il manifesté pour toi en tant qu'enfant ?

Ph. S. : Je voulais simplement définir la place de Bordeaux géographiquement.

D. H. : Bon, d'accord !

Ph. S. : Comme je te l'ai dit, il y a le temps, il y a l'histoire, et il y a l'espace, la géographie. Bordeaux, c'est donc un point, c'est une ville au fond d'une gorge. On le voit très bien sur une carte. C'est d'ailleurs pour cela qu'il sera question du vin plus tard… Mais enfin, c'est

1. Il m'est difficile d'évaluer ce que je dois à la découverte du jazz ; je revois le premier concert de Louis Armstrong à Bordeaux… Il me semble parfois que la Seconde Guerre mondiale a été remportée grâce à cet ouragan de rythme et de joie noire, qu'on entend si intensément, par exemple, dans le concert du 18 janvier 1944 de Lionel Hampton au Metropolitan Opera (*Flying Home*). Tout un monde sinistre, contraint, policier, dévot, volait en éclats ; une immense pulsion de vie envahissait le cimetière des vieilles lunes européennes… Billie Holliday, Charlie Parker… C'était la lumière vers laquelle il fallait aller (aujourd'hui : Anthony Braxton. Cf. Philippe Sollers, Jean-Louis Houdebine, Gérard Bourgardier, « Jazz », *Tel Quel* 80)…

une ville qui a été anglaise pendant très longtemps, tu sais, l'histoire du « Prince Noir », le « prince d'Aquitaine » de Nerval... Édouard de Woodstock (avec, dans l'ombre, Duns Scot et Guillaume d'Ockham). Les rapports avec l'Angleterre sont privilégiés très tôt, au XIIIe siècle. Les relations sont plus étroites avec l'Angleterre d'abord qu'avec Paris. Si tu regardes l'histoire et la géographie, c'est assez intéressant. Il y a donc ce lien avec l'Angleterre, l'Espagne qui remonte, et puis la possibilité de s'orienter sur Paris... J'ai eu la curiosité de regarder un peu les déplacements de Montesquieu, de Montaigne. Et c'est clair que la référence, c'est Londres, Venise, Amsterdam, aussi bien que Paris. Paris, ça existe bien sûr. Mais, pour Bordeaux, il faut concevoir que, probablement, de toutes les régions de France, c'est celle qui est le plus à l'écart de la vie continentale, tant et si bien que l'on va retrouver cette contradiction dans l'histoire de France d'une façon très forte, puisque tu sais que, traditionnellement, on s'accorde à considérer qu'il y a deux France : celle du continent et celle des ports. Et ça va donner notamment les deux grands partis politiques de la Révolution française, les Jacobins et les Girondins. En quelque sorte, nous avons été battus, nous autres Girondins, sudistes, vers la fin de l'année 1792. Et je pense qu'il a fallu fort longtemps avant que nous ne reprenions une existence culturelle et politique, que nous sommes en train de retrouver maintenant...

(Rire.) C'est l'un des éléments du théâtre ! Le jacobinisme est un peu l'ancêtre du stalinisme... Et, au fond, du fascisme en tant que tel... Même quand j'étais « maoïste », je restais au fond girondin... Mais sur cela, si tu veux, on reviendra une autre fois en évoquant les questions historiques. Bon ! Il faut que je te précise tout de suite que ma famille est quand même un peu particulière, puisqu'elle est constituée par deux frères qui ont épousé deux sœurs. Ils se sont mis à vivre dans deux maisons parfaitement symétriques.

D. H. : Ce ne sont pas des jumeaux ?

Ph. S. : Non, ce ne sont pas des jumeaux ni des jumelles. Ils ont vécu dans deux maisons symétriques qu'ils ont fait construire près de leur usine, c'est-à-dire que chaque pièce d'une maison correspondait à chaque pièce de l'autre d'une façon à peu près équivalente aussi bien dans l'ameublement que dans le style. La chambre à coucher d'un frère et d'une sœur était donc à peu près de l'autre côté du mur de celle de l'autre frère et de l'autre sœur. C'est quand même assez particulier, cette répartition, sur deux scènes, ce dédoublement de l'espace. Puisque tu t'occupes de contes de fées, tu dois te rendre compte que c'est une distribution des acteurs qui est extrêmement favorable à une certaine forme d'imagination mythologique. J'ai d'ailleurs écrit un petit texte là-dessus — l'un des premiers textes que j'ai écrits — qui s'appelle *Images pour une maison*, où je parle de ce problème de dédoublement. Je rêvais d'une troisième maison que je visitais chaque nuit en rêve, une porte invisible s'ouvrant directement dans le mur, etc.

D. H. : Où c'est publié, ça ?

Ph. S. : Dans un petit livre qui s'appelle *L'Intermédiaire.*

D. H. : Je ne connais pas.

Ph. S. : Je te l'enverrai. Mais alors pour un enfant — maintenant, je le rationalise après coup —, ce qui était perçu, c'est un maximum de contradictions entre les différentes institutions en place. Il y avait une contradiction entre ma famille et l'État ; il y avait une contradiction entre la France et le fait qu'elle était occupée, c'est-à-dire que cela n'arrivait pas à faire un tout d'une façon homogène. Donc, chaque autorité était contestée par une autre. Cela vient aussi du fait que mes parents étaient des industriels, mais c'était une répartition familiale assez curieuse. De mon côté, il y a deux filles avant moi, et, de l'autre, il y a un garçon qui se trouve être le fils du frère de mon père et de la sœur de ma mère, donc. Et le garçon était mon « parrain », etc.

D. H. : Et il est… ?

Ph. S. : C'est le plus âgé. Dans l'ordre, il y a ce garçon, de l'autre côté du mur, ensuite ma sœur aînée, mon autre sœur et moi. Je suis le quatrième, le dernier — ce dont j'ai bénéficié, bien sûr, comme d'une protection. La contradiction qui surgit très vite, c'est le fait que mes parents sont pro-Anglais dans la France de l'époque qui va être non seulement occupée par les Allemands à moitié, mais soumise à la dictature de Vichy. C'est capital, cette maladie dont on ne parle pas assez et qui est le pétainisme en France, symptôme très profond, très vivace, beaucoup plus qu'on ne le croit encore.

D. H. : Encore ?

Ph. S. : Mais oui ! Mes parents sont, eux, plutôt favorables à une société de type anglo-saxon, d'idéologie anglaise, ce qui fait qu'ils sont hostiles à la fois aux Allemands et au gouvernement fantoche français qui instaure la fameuse trilogie infecte, abjecte : « Travail, Famille, Patrie », autrement dit le fascisme à la française, qui constitue une des périodes les plus noires de l'histoire de France, avec, en plus, n'est-ce pas, la religion d'État, qui devient très vite l'antisémitisme. Bordeaux se signale très tôt dans l'ensemble des villes européennes par une attitude « éclairée » à l'égard des juifs, tu le sais. Et quand tu regardes une carte de l'Europe à propos des persécutions nazies contre les juifs, etc., — c'est la grande histoire du XXe siècle — tu remarques, en effet, que les régions qui ont été les plus épargnées, c'est...

D. H. : On ne voit pas là...

Ph. S. : Par exemple, la Pologne. Eh bien, voilà la population réelle et voilà l'extermination. Tu vois comme la Pologne possède l'échelle la plus noire. Tu remarques que l'Italie en a peu, que la France, malheureusement, a une assez grosse échelle. Mais, si on faisait la même chose à l'intérieur du territoire français, on verrait que Bordeaux est une ville où la propagande antisémite n'a guère réussi. En tout cas, ma famille était contre Pétain et les nazis : je me rappelle avoir reçu, de mon père et de ma mère, la consigne de ne pas chanter « Maréchal nous voilà », avec les autres enfants, dans les réunions de groupe, ou à l'école. Je sortais donc du rang, à ce moment-là, et me taisais. C'est une expérience qui m'a beaucoup impressionné (cinq ans)... Pour en revenir à Bordeaux, regarde la carte, voilà la gorge dont je te parlais : cette langue...

D. H. : C'est la Gironde ?

Ph. S. : ... C'est la Gironde, c'est la Garonne qui se jette là dans un pays qui s'appelle l'Entre-deux-Mers, région à propos de laquelle tu as un poème absolument magnifique de Hölderlin, qui s'appelle *Andenken.*

« Le vent du nord-est se lève.
De tous les vents mon préféré
Parce qu'il promet aux marins
Haleine ardente et traversée heureuse.
Pars donc et porte mon salut
À la belle Garonne
Et aux jardins de Bordeaux, là-bas
Où le sentier sur la rive abrupte
S'allonge, où le ruisseau profondément
Choit dans le fleuve...
[...]

Là vont aux jours de fête
Les femmes brunes
Sur le sol doux comme une soie...
[...]
Mais vers les Indes à cette heure
Ils sont partis, ayant quitté
Là-bas, livrée aux vents, la pointe extrême
Des montagnes de raisin d'où la Dordogne
Descend, où débouchent le fleuve et la royale
Garonne, larges comme la mer, leurs eaux unies... »

L'exactitude de ce poème, à mon avis l'un des plus beaux qui aient jamais été pensés, respirés, est hallucinante. Hölderlin est venu à Bordeaux en 1802. Il a été précepteur à Bordeaux, et c'est sur le retour qu'il est devenu fou, comme on dit. C'est à Bordeaux que débarque Isidore Ducasse, arrivant de Montevideo, mais venant déjà du Pays basque. C'est là que Goya meurt en 1828. Et Bordeaux, c'est Londres aussi. Voilà les communications : Amérique latine, forte émigration basque vers l'Amérique latine... entre Pau et le Pays basque vers l'Uruguay...

D. H. : Le Pays basque, c'est ici ?

Ph. S. : Le Pays basque, c'est là, oui. Et le quadrilatère privilégié, c'est Venise — comme pour Montaigne que tu retrouves en tant que maire de Bordeaux, à Venise, pour étudier des questions administratives et aller au bordel —, Londres, Amsterdam. Voilà, pour moi, ce qu'est la civilisation européenne en premier lieu.

D. H. : Alors, c'est une espèce d'Hanséatique... Ce sont des villes de mer, des villes qui ne s'intéressent pas beaucoup à l'intérieur du pays ?

Ph. S. : À ceci près que tout le pays de Bordeaux représente la vérité universelle — *in vino veritas* — et qu'il fallait bien que ce soit ici que le plus de vérité apparaisse malgré tous les démentis qu'on pourra m'apporter, notamment, paraît-il, qu'on fait du vin en Bourgogne ou en Californie, mais enfin ça n'a jamais été prouvé de façon absolue. En réalité le vin n'est pas du tout grec. Il n'y a pas de vins vraiment satisfaisants ni en Grèce ni en Italie — il paraît qu'ils en ont, mais ce n'est pas sûr. Le vin, c'est là. Et c'est là — donc, tu vois, c'est le pays de la vérité — c'est là, avec une sorte de curiosité de climat très étrange, des terres, des terrains, il y a à la fois l'eau douce, l'eau salée, l'Atlantique. Il y a une différence absolue entre l'Atlantique et la Méditerranée. Pour moi, je l'ai toujours ressenti culturellement de façon très tranchée. Je suis vraiment vers l'océan. Eh bien, là, tu as l'eau douce, tu as l'eau salée, et tu as à la fois la terre, le gravier et le sable. Et c'est dans ce mélange d'eau douce, d'eau salée, de terre, de gravier et de sable que pousse le vignoble en question. Et si tu penses simplement aux mots magiques et de contes de fées que sont le médoc, le pomerol, le saint-émilion, etc., on a là, de façon tout à fait manifeste, la définition de la civilisation en question, qui vend ses vins d'abord en Angleterre. C'est le fameux « claret » dont tu trouves mention dans Shakespeare. Ça, l'action du vin, c'est une chose très importante, que tu vois d'ailleurs évoquée avec la plus grande beauté dans le poème de Hölderlin que je te citais tout à l'heure. Voilà pour ce qui est des premières impressions d'enfance sur Bordeaux. Qu'est-ce que tu veux que je te dise de plus ? Il y aurait beaucoup de choses à dire, à savoir que j'ai été d'abord au lycée Montesquieu et, ensuite, au lycée Montaigne, par exemple.

D. H. : Et tes parents ?

Ph. S. : Alors, mes parents... Les deux frères avaient hérité de leur père une manufacture.

D. H. : Qui date de... ?

Ph. S. : Qui date de la fin du XIXe siècle, c'est-à-dire vers 1870-80.

D. H. : Et on fabriquait... ?

Ph. S. : Il y avait des fours, de l'émail. On fabriquait des articles, des ustensiles de ménage, tout ce qui était zinguerie, aluminium, des pots, des casseroles, des poubelles, des choses comme ça. C'était comme une énorme cuisine bouillonnante...

D. H. : Et ça existe toujours ?

Ph. S. : Non, ils ont fait faillite dans les années soixante après avoir eu des difficultés financières pendant longtemps. Maintenant, l'usine et les maisons sont rasées et on a construit dessus un supermarché. Il n'y a plus rien, il n'y a plus aucune trace de cet endroit.

D. H. : Tu es allé voir, regarder ?

Ph. S. : Cela a fait un trou complet, alors que c'étaient des maisons avec un grand parc, un très grand jardin. Tout ça a été rasé, supprimé et remplacé par un supermarché. Voilà ! Ça a été la même chose dans l'île de Ré : une maison de vacances : rasée par les Allemands... D'autre part, mes... j'allais dire *mes* mères, enfin ma mère et sa sœur venaient, elles, d'une famille plus aisée... Mon père et mon oncle viennent plutôt d'une famille ouvrière, d'ouvriers d'industrie, ce qui m'a permis d'observer — puisque l'une des maisons était près de l'usine — pendant toute mon enfance l'activité industrielle, c'est-à-dire les machines, les tourneuses, les fraiseuses, les presses, les fours, les cuves, et l'activité un peu hermétique, alchimique, de la transformation du métal, de toute cette espèce de ménagerie justement du traitement du métal. Ça, c'est, pour moi, très important, la vision des fours dans mon enfance. Du côté de ma mère et de sa sœur, au contraire, elles étaient les filles d'un escrimeur qui a même été champion du monde d'escrime, qui était un joueur, qui jouait aux cartes, qui faisait les championnats de sabre, de fleuret, qui tirait aussi au pistolet — et il tirait fort bien, à ce qu'il paraît. Il avait surtout une écurie de courses, de chevaux. Il faisait courir des chevaux à Londres et à Paris. Ma mère est parisienne. Elle n'est venue s'installer à Bordeaux avec sa famille qu'un peu plus tard. Et c'est là qu'elle s'est mariée. Donc, je revois très bien

— c'est l'autre aspect de ma biographie à ce niveau-là — l'endroit où il y avait les chevaux de course. J'ai des photos où je suis, comme ça, avec le père de ma mère, en train d'inspecter les chevaux. Ce qui donne, tu vois, un paysage assez contrasté, puisque, d'un côté, il y a une forme de travail très dur de gestion d'usine, finalement assez banale, mais avec beaucoup de discipline et de problèmes, avec la présence vraiment dure du travail, et, de l'autre, il y a ce côté un peu plus fantaisiste, un peu plus aristocratique, si on veut, du jeu et de la pratique des sports d'armes et, d'autre part, de la course. Donc, voilà, ça, c'est le côté de ma mère, alors que mon père apporte un côté beaucoup plus austère. En effet, cela se retrouvait dans le caractère de mes parents. Mon père était extraordinairement silencieux, disait très peu de choses, ne parlait presque pas. C'était quelqu'un qui aimait beaucoup la musique. Il chantait avec une belle voix, aimait beaucoup l'opéra, les opérettes, alors que ma mère était bavarde, avec un grand sens de l'humour, c'est-à-dire avec une certaine supériorité sociale du côté de la famille de ma mère sur la famille de mon père. Ma mère et ma tante ont été des femmes, dans la région de Bordeaux, que l'on peut considérer comme ayant été assez vite émancipées pour l'époque. Par exemple, ma mère a dû conduire une voiture dès les années 1925-30, ce qui, dans la région de Bordeaux, faisait, paraît-il, sensation. Enfin, c'est ce que j'ai entendu dire dans mon enfance. C'était donc une femme... Une femme ne devait pas conduire facilement une voiture à cette époque-là en France — pour prendre cela comme exemple, mais on pourrait en prendre d'autres. Voilà ! Ça te va, ça ?

D. H. : Oui, ça va. Je pense à autre chose. Tu as peut-être lu le premier essai de Joyce sur sa vie. Il s'appelle *Portrait of the Artist*, mais ce n'est pas *A Portrait of the Artist as a Young Man*...

Ph. S. : Oui, la première version.

D. H. : ... c'est la première version qui n'a, quoi, que quinze pages.

Ph. S. : Oui, oui, j'ai dû la lire.

D. H. : Alors, tu as lu le premier paragraphe où il dit qu'un portrait n'est pas un papier identificatif...

Ph. S. : N'est pas un... ?

D. H. : ... un papier identificatif.

Ph. S. : Une pièce d'identité.

D. H. : ... une pièce d'identité, n'est-ce pas, mais la courbe d'une émotion[1].

1. « Les traits de l'enfance ne se trouvent pas habituellement reproduits dans le portrait de l'adolescent, car nous sommes si capricieux que nous ne pouvons ou ne voulons concevoir le passé autrement que sous l'aspect rigide que lui forge la mémoire. Il est certain pourtant que le passé implique un déroulement de présents successifs, le développement d'une entité dont notre présent effectif ne constitue qu'une phase. D'autre part, c'est essentiellement aux signes distinctifs de la barbe et de la taille que notre monde identifie ceux qu'il connaît et, pour la plupart, il ne connaît pas ceux de ses membres qui cherchent

Ph. S. : La courbe d'une émotion.

D. H. : Oui, alors, ce qu'il veut, ça a le sens que l'enfant dès sa naissance commence à se former et qu'il se retrouve, à chaque époque de sa vie, changé, mais encore le même, n'est-ce pas.

Ph. S. : Bien sûr.

D. H. : Ce sont les moments formatifs.

Ph. S. : Mais, dans mon cas, je crois que le plus important, en fait, c'est la maladie, c'est-à-dire que je me suis trouvé être presque constamment malade tout de suite. C'est la forme qu'a prise ma façon d'être qui n'a disparu qu'assez tardivement. J'ai été presque immédiatement en proie à un certain nombre de maladies localisées, précises. Par exemple, le fait d'avoir tout le temps des otites. Ça a été assez loin, puisque j'ai été opéré au moins vingt-cinq, trente fois de paracentèse, c'est-à-dire d'opération du tympan. Ensuite, ça a été, bon, toutes les maladies enfantines — je ne les énumère pas ; on les connaît — mais, très tôt, un autre symptôme plus intéressant qui est l'asthme. J'ai été asthmatique violemment, passionnément, jusqu'à quinze ou seize ans où ça a, petit à petit, commencé à régresser pour pratiquement dispa-

---

par quelque art, par quelque opération de l'esprit non encore cataloguée, à dégager de ces blocs de matière que sont les personnes, le rythme qui les individualise, la relation première ou formelle qui unit leurs parties. Mais pour ceux-là un portrait n'est pas une pièce d'identité, c'est, plutôt, la courbe d'une émotion » (1904).

raître en ne laissant que quelques problèmes secondaires. Mais entre dix et quinze ans, j'ai eu à répétition, constamment, des crises d'asthme d'une durée de deux, trois, quatre jours, avec la série d'essoufflements et de tout ce que cela comporte d'exploration systématique, premièrement, de la fragilité du souffle, vraiment de cette espèce de toute petite poche qu'on fait aller et venir et qu'on appelle la vie, et, d'autre part, la difficulté à dormir. Je me suis avant tout formé dans la maladie (je passais mon temps à jouer aux dames). C'est dans la maladie que j'ai pu me construire un premier poste d'observation personnel. C'est à travers la maladie que je retrouve mes points d'ancrage de mémoire les plus nets par rapport à la réalité ambiante. Je ne me rappelle pas avoir eu un corps complet, fermé. Je me rappelle avoir toujours eu un corps en quelque sorte entamé, ouvert, manquant, en train d'observer ce qu'il constitue comme bords, comme limites, que ce soit du côté de l'oreille qui a pris, par la suite, pour moi, une énorme importance, car c'est grâce à tous ces ennuis d'oreille que j'en suis venu, malgré tout, à avoir une très bonne oreille, ou plutôt à me rendre compte que, du corps, ça commence peut-être, avant toute chose, par de l'oreille — ce qui me mène, si tu veux, à penser que je me suis donné tout ce mal dans les oreilles pour affirmer ma propre conception du monde par l'oreille. Probablement qu'on voulait me boucher les oreilles, puisque j'ai insisté pour qu'on en vienne, à ce point-là, à me les triturer. Enfin, je devais donc vouloir ouvrir quelque chose, là, dans l'oreille. Par ailleurs, le souffle est quelque chose, eh bien, qui, avec l'oreille, apprend les structures essentielles — ce qui fait que je suis, comme on dit, un écrivain. Donc, de ce point de vue, j'ai l'impression que, sans écrire, je me suis trouvé dans la position d'avoir à former tout de suite un corps qui serait fonction, un jour, d'une écriture possible. Alors, il m'a fallu énormément de péripéties, ensuite, pour rejoindre le fait très difficile que c'est moi qui me sers de mon corps et pas lui qui m'appelle à le surmonter. Mais cette dialectique-là, je la trouve immédiatement et presque quasiment à l'origine de mes premiers souvenirs conscients. Et cela me permet d'oser penser, finalement, que c'est par la maladie que l'écriture apparaît.

D. H. : Tu lisais beaucoup à cette époque ?

Ph. S. : J'ai toujours lu énormément puisque j'étais malade tout le temps... Illustrés, bandes dessinées, romans policiers, etc. De la « littérature », j'en ai lu, finalement, assez tard.

D. H. : À quel âge as-tu commencé à lire... ?

Ph. S. : Je ne te raconte pas, Jules Verne et patati-patata, tout ça, quoi. Mais la littérature, vraiment le choc de ce qu'est la littérature, le langage en soi, je l'ai eu assez tard, à peine vers quatorze ans. Et, ça a été... Baudelaire.

D. H. : Baudelaire à quatorze ans ?

Ph. S. : Oui. Baudelaire. Et Edgar Poe.

D. H. : Oui, les deux ensemble.

Ph. S. : On les découvre ensemble, n'est-ce pas ? C'est venu par le lycée. Baudelaire a été une révélation extraordinaire. Je garde un grand amour pour Baudelaire. J'ai eu l'impression que, là, c'était tout à fait autre chose que de la « culture ». J'ai lu les classiques, comme tout le monde, Racine, Corneille, Molière, Montaigne — Dieu sait si on lisait Montaigne à Bordeaux, tu penses bien, et Montesquieu ! qu'est-ce que j'ai pu faire comme devoirs sur les *Essais* de Montaigne… Et Rabelais, Swift, Cervantès (il me semble que beaucoup de choses restent à dire sur le prodigieux pouvoir démystificateur du *Quichotte* et sur le mélange, jamais atteint à ce point, de comique et de pathétique)… Eh bien, la grande découverte a été Baudelaire. C'est lié, très évidemment, au surgissement du problème sexuel lorsqu'il prend son poids. À ce moment-là, l'écriture de Baudelaire tient le coup, parce qu'elle métaphorise cela, en français, je pense, pour la première fois, d'une façon convaincante. J'avoue que je ne suis plus passionné par Baudelaire comme je l'ai été à l'époque, mais enfin, il y a quelque chose là qui fait date, à mon avis, dans la sensibilité de la langue française. Alors à partir de là, j'ai tout lu, c'est-à-dire, petit à petit…

D. H. : Ce n'était pas sa langue qui te passionnait ?

Ph. S. : Si, si, la langue. « Grands bois, vous m'effrayez comme des cathédrales. Vous hurlez comme l'orgue et dans nos cœurs maudits,

Chambres d'éternel deuil où vibrent de vieux râles... », etc. « Voici le soir charmant, ami du criminel... » Je me revois très bien ayant à commenter des poèmes, pour faire des dissertations, vraiment ébloui, la nuit, commençant à découvrir la mécanique musicale du vers. Parce que, à ce moment-là, cette façon de parler me paraît vraie — alors que je pouvais très bien lire les passages les plus enflammés de Racine ou d'autres, mais cela ne me disait rien du tout; cela n'éveillait pas en moi le moindre trouble ni le moindre appétit... Baudelaire, en revanche, immédiatement... : « J'ai longtemps habité sous de vastes portiques où des esclaves nus tout imprégnés d'odeurs... », etc. Et comment ne pas rêver devant la sèche note biographique suivante : « 1841-Mai : le général Aupick, inquiet de l'esprit d'indépendance du jeune Baudelaire, l'embarque de force à Bordeaux sur un voilier, le *Paquebot des Mers du Sud*, à destination de Calcutta... »

D. H. : Alors, tu avais quatorze ans...

Ph. S. : Le plus important était peut-être les reproductions de peinture, juste avant, le fait de feuilleter de la peinture. Je me rappelle, par exemple, avoir eu une très grande passion, de l'ordre de la curiosité sexuelle — je prends les éléments culturels nobles, mais évidemment, il y en a d'autres... Je trouve qu'il est délicat de parler ouvertement, mais, enfin, pour citer un élément culturel noble, je me rappelle avoir été passionné par Rubens.

D. H. : Ah, mais, moi aussi !… (Rires.)

Ph. S. : Voilà ! Rubens est un peintre qui m'intéresse de plus en plus… Peinture et diplomatie… Il y a un tableau sublime au Metropolitan, le portrait d'Hélène Fourment. La splendeur sensuelle… encore les jésuites[1] ! D'ailleurs, ça va très bien avec Baudelaire, puisque Rubens (*rouge*, en latin), c'est « l'oreiller de chair fraîche »… L'oreille dans la fraîcheur… Eh bien, voilà ! Tout cet émoi, de la montée, de la deuxième naissance, si on peut dire — puisque, finalement, il y en a au moins deux, sinon bien davantage… C'est pour cela que j'ai une certaine résistance à dater la naissance des gens et leur mort comme deux jalons, alors que, à mon avis, il y a des naissances perpétuelles et sans doute des morts perpétuelles. Je veux dire qu'elles peuvent faire pratiquement muter l'individu, qui reste le même mais qui peut aussi être très différent. Donc, datons… La question de la littérature s'est posée, pour moi, avec Baudelaire.

D. H. : Et les amis de cette époque-là ?

1. Trente-neuf tableaux pour l'église des Jésuites d'Anvers brûlés dans un incendie en 1718, sauf une *Assomption*, un *Saint Simon délivrant les possédés* et un *Saint François Xavier dans les Indes*. Voir l'hommage que lui rend Charcot dans *Les Démoniaques dans l'Art* (1887). Les vers de Baudelaire sont les suivants :

« Rubens, fleuve d'oubli, jardin de la paresse,
Oreiller de chair fraîche où l'on ne peut aimer,
Mais où la vie afflue et s'agite sans cesse,
Comme l'air dans le ciel et la mer dans la mer. »

Ph. S. : Alors, des amis, assez peu, parce que je suis très souvent malade. Souvent, je ne vais pas à l'école ou au lycée, je reste chez moi. Pas très grande importance. Très renfermé.

D. H. : C'est la famille ?

Ph. S. : Pas non plus la famille. Seul, plutôt seul, c'est-à-dire renfermé. J'ai toujours aimé être seul, j'adore ça, je ferais un moine très acceptable. Et puis, l'apprentissage de la maladie qui faisait que, vraiment, pour moi, le plus grand plaisir était quand même de rester isolé, oui. C'était assez confortable chez moi. Il y avait une atmosphère souple. Je t'ai déjà dit qu'il y avait presque une situation d'inceste assez remarquable : ces deux frères, ces deux sœurs, etc., ça faisait un monde assez clos, une sorte d'âge d'or, comme ça. Très replié. Très ouvert sur l'invisible. Et, finalement, avec un jardin, etc., un peu de lecture et le plaisir infini qu'il y a à dormir le plus possible. Ça allait. À propos de moine, je rêvais sur ce passage de *La Vie de Rancé* de Chateaubriand : « Après ces éjaculations, on surprenait le moine les yeux levés vers le ciel. Il devenait immense ; il s'agrandissait de toute la gloire éternelle. Il y a des tableaux qui représentent saint François au bord de la mer, en face de petits anges réunis dans des branchages dépouillés… »

D. H. : Et les sœurs ?

Ph. S. : Mes sœurs, elles m'ont beaucoup appris parce qu'elles avaient une chambre à côté de la mienne — la cloison n'était pas très épaisse. Alors, elles ont, l'une trois ans, l'autre six ans de plus que moi, ce qui fait que je les ai beaucoup entendues bavarder pendant toute ma jeunesse. Elles habitaient une assez grande pièce, couchaient dans la même pièce ensemble et ont beaucoup, beaucoup chuchoté. Et j'entendais leurs conversations. Enfin, en tant que romancier, je crois que ça m'a beaucoup appris sur l'autre sexe, sur le côté dérisoire auquel on est réduit, en tant qu'homme, si on se surprend à être parlé par des femmes.

D. H. : Oui, oui. J'avais deux sœurs aussi.

Ph. S. : Aînées ?

D. H. : J'avais une sœur aînée et une sœur plus jeune.

Ph. S. : Ah, tu vois... J'avais, moi, deux sœurs plus âgées que moi, et, ce que je peux dire, c'est que, dans la famille, la grande difficulté a été d'échapper à la surveillance des femmes, n'est-ce pas. Ça a été l'obstacle majeur. Contrairement à ce qui, en général, est dit devant tout le monde, ce n'est pas du tout avec mon père que les conflits ont eu lieu — mon père représente, pour moi, dans le souvenir que j'en ai, plutôt l'instance libérale, alors que les femmes m'ont toujours paru avoir un caractère plus autoritaire, malgré tout, plus soupçonneux, plus vigilant, plus attaché à surveiller la moindre chose, n'est-ce pas. Là je suis à contre-courant sans doute, mais je suis intimement convaincu que la délégation de pouvoir aux hommes n'est qu'une pure apparence. Le vrai pouvoir nocturne, marginal, efficace, profondément efficace, appartient aux femmes à mon avis, depuis toujours… Ça va se manifester un tout petit peu plus, et de plus en plus, avec l'unification de l'espèce, sous sa forme planétaire de *middle class* définitive, c'est-à-dire réduite à sa reproduction. Ça va se dévoiler de plus en plus intensément dans la réglementation de la ruche humaine. C'est quelque chose que je trouve très tôt dans ma perception.

D. H. : À mon avis, la femme est vraiment l'être le plus fort en France.

Ph. S. : En France ! Et aux États-Unis ?

D. H. : Moins.

Ph. S. : Tu ne crois pas qu'il y a aussi un matriarcat souterrain ici aussi ?

D. H. : Peut-être aussi, oui.

Ph. S. : Moi je trouve que c'est encore plus fort ici.

D. H. : La femme française est très forte.

Ph. S. : C'est probable. Eh bien, à cela, il y a des tas de raisons qui tiennent aussi bien au fait que c'est quand même nous qui avons inventé les temps modernes c'est-à-dire peut-être l'ennui. Bon ! Donc c'est nous qui avons mis en évidence, peut-être, pour la première fois, ce qu'il en était de la réduction de l'espèce à une commune mesure fonctionnelle. De ce point de vue, je trouve éminemment significatif que l'inventeur de la guillotine, qui s'appelle Guillotin, ait vu sa machine porter son nom au féminin. (Rires.) Est-ce que tu sais que monsieur Guillotin — tu te souviens de la guillotine

— qui a fait voter la première loi de l'égalité de tout le monde devant la mort — ce qui est une loi extrêmement importante parce que, certes, on a tué depuis toujours et certes, on a torturé depuis toujours, et, certes, on a supplicié depuis toujours, mais, quand même, c'était pris dans une juridiction qui n'était pas une juridiction d'égalité, c'est-à-dire que tout le monde égal devant la mort, ça, c'est vraiment l'une des grandes proclamations de la Révolution dite française, jacobine[1]... Et monsieur Guillotin, qui était un médecin, avait, d'autre part, comme obsession, de généraliser la découverte de Jenner sur le vaccin, c'est-à-dire de faire vacciner toute la population. D'un côté, il voulait que tout le monde puisse avoir la tête coupée d'une façon égalitaire et, d'autre part, que tout le monde soit vacciné. Tu vois les deux bouts de la chaîne. (Rires.) Eh bien, peut-être que tu as raison et que, en un sens, cette prééminence, ou cette force particulière que tu attribues à la Française, est inscrite dans notre rationalité, notre athéisme bien connu, qui se sont donné libre cours d'une façon particulièrement explicite à cette époque-là, de telle façon que, quand même, c'est en France qu'il y a eu, en effet, la

1. On sait trop peu que Sade — « détenu sous tous les régimes » — fut condamné finalement à mort pour girondinisme, et ne sauva sa tête que par la chute de celle de Robespierre. Sur la mise au point « thermodynamique » de la pulsion de mort, cf. Laurent Dispot, *La Machine à terreur* (Grasset, 1978).

tentative la plus sérieuse pour, quand même, en finir à jamais avec la notion de Dieu. C'est quand même nous, aussi, qui avons inventé non seulement la terreur et la machine à terreur qu'est la guillotine, mais aussi des tentatives de cultes de remplacement. Le culte de l'Être suprême, de la déesse Raison est quelque chose qui est ultra-significatif pour l'époque.

D. H. : Alors, parlons un peu de ce côté de l'éducation.

Ph. S. : L'éducation, c'est assez simple à comprendre dans mon cas. D'un côté, mon père est athée rigoureusement...

D. H. : Et ta mère aussi ?

Ph. S. : Non. Ma mère a une éducation catholique. Donc, mon père était, finalement, quelqu'un que je n'ai jamais entendu prôner un système de valeurs, même pas tellement la valeur du travail — ce qui avait l'air de l'ennuyer plutôt. Il était plus jeune que son frère. Lui, ce qui l'aurait intéressé davantage, c'est le théâtre ou l'opéra. Mais enfin, il était industriel. Donc, ça l'ennuyait plutôt. Il ne faut pas oublier que c'était quelqu'un qui avait fait la Première Guerre mondiale, très jeune, c'est-à-dire vers dix-huit ans, qui a vu Verdun et les combats à la baïonnette, au poignard, d'assez près. Bien qu'il fût dans l'artillerie, et qu'il ait eu des tas de décorations, il était très antimilitariste. Il ne faisait pas état de ses décorations. Il ne portait pas ses décorations. Il était contre les décorations, l'armée. Je l'ai toujours entendu dire ça, fermé… Je te parle de ça parce que, pour l'éducation, c'est important tout de même de savoir quel système de valeurs apportent les géniteurs ?

D. H. : Oui.

Ph. S. : Donc, du côté de mon père, ce que j'ai toujours entendu de lui, ce sont des formules de désabusement complet, c'est-à-dire des formules stéréotypées et désabusées, du type de l'Ecclésiaste : « À quoi bon tout ça ? » Et : « Heureusement qu'il n'y a pas de Dieu, parce que, s'il y en avait un, alors, à quel point tout cela serait raté. » Autrement dit, « la vie, quelle connerie. Tout ça, c'est un immense broiement qui n'a pas de sens. Bruit et fureur ne signifiant rien ». C'est un homme qui avait un sentiment de l'absurde extrêmement développé. Donc, du même coup, plutôt libéral, c'est-à-dire se retirant dans une sorte de silence et de retrait synthétique. Ma mère se sentait, au contraire, obligée de compenser, en quelque sorte, cette lacune dans l'affirmation de la Valeur — parce qu'un père, ça ne doit pas promouvoir du doute en principe (rires) — par un ensemble de valeurs catholiques, sans agressivité particulière, c'est-à-dire n'allant guère au-delà de ce qui était admis dans une société comme la société française qui, quand même, est en priorité catholique. Alors, j'ai été, pour ce qui est de l'école, au lycée Montesquieu d'abord, Montaigne ensuite… J'ai plutôt aimé ces lycées, surtout le lycée Montesquieu qui était dans la banlieue de Bordeaux, qui avait un très grand jardin où l'on commençait à faire les cours dans le parc, à partir de mai-juin. Je m'y rendais à bicyclette — je faisais beaucoup de bicyclette et de tennis à l'époque — au milieu des vignes. J'allais là suivre les cours normaux de l'éducation secondaire. Et il n'y a pas grand-chose à en dire, sauf que j'étais plutôt bon en latin, plutôt bon en récitation. Je crois avoir eu pratiquement toujours le premier prix de récitation latine. Mais rien de particulier à signaler, sinon que le système d'enseignement scolaire, qui n'a pas dû changer énormément, m'a toujours paru très effarant d'absurdité. Il a fallu que je refasse toute mon éducation autodidactiquement par la suite, c'est-à-dire que je relise tout d'une autre façon, que je me refasse un système. Quand je pense que, en effet, les gens reçoivent simplement cet enseignement-là et, ensuite, oublient tout, c'est évidemment catastrophique. Ensuite, j'ai été envoyé — parce qu'il fallait que je prépare une grande école pour satisfaire, en principe, mes parents qui voulaient que je reprenne la relève de l'usine, n'est-ce pas, avant qu'elle fasse faillite —, j'ai été envoyé — parce que c'était, paraît-il, une école un peu aristocratique où l'on préparait bien les concours d'entrée aux grandes écoles (et cela a été pour moi une transplantation très brutale) chez les Jésuites à Versailles, d'où j'ai d'ailleurs été renvoyé pour indiscipline chronique et lecture de livres défendus — parce que je commençais déjà à lire des livres surréalistes. Alors, là, ça a été une expérience très intéressante parce que ça m'a montré la structure de quelque chose qui, traditionnellement, tient le coup au niveau de la conception de ce que devrait être, en fait, un enseignement réel, c'est-à-dire pas du tout les choses qu'on apprend scolairement, mais la prise en main de l'individu. Pour ça, les Jésuites, il n'y a pas mieux...

D. H. : Mais c'est l'expérience de Joyce...

Ph. S. : Mais tu vois, la différence, c'est que, moi, j'ai vécu une sorte d'éducation laïque d'abord, avec un passage chez les Jésuites — passage que je ne regrette d'ailleurs absolument pas, bien que j'aie vécu là au moins les deux années les plus noires de mon existence. J'étais pensionnaire là. Et c'était une lutte. Pas tellement sur le plan religieux, parce que tu sais que les Jésuites sont les seuls athées conséquents... Enfin, finalement, il n'y en a pas d'autres. (Rires.) Les autres croient l'être, mais ne le sont pas. Pour devenir vraiment athée, comme l'a dit très bien Lacan, il faut savoir manier le discours théologique. On ne devient athée qu'en sachant ce qu'il y a dans le discours théologique. Sans quoi, on croit l'être en ne l'étant pas. Et Dieu reste inconscient. Eh bien, là, j'ai vu, en effet, à peu près toutes les valeurs de la France traditionnelle juste avant qu'elles sombrent, juste avant qu'elles s'effondrent dans l'explosion de la France comme impérialisme encore plausible. C'est le moment de la guerre d'Indochine ; ça va être très vite la guerre d'Algérie. Donc c'est la période, entre 1952-53 et 1960, qui voit, à une allure très rapide, le dépérissement de ce qu'il y avait de traditionnel, de vieille France, etc. Je me rappelle avoir été réveillé en pleine nuit par les Jésuites, avec tous les camarades, pour rester debout dans la cour au garde-à-vous au moment où Diên Biên Phu, en Indochine, était pris par les Vietnamiens. Il y avait le drapeau français et on était là au garde-à-vous pendant la nuit. Ce ne serait plus pensable aujourd'hui, n'est-ce pas ? Il y avait une discipline extrêmement stricte : on était par petites chambres, avec un tableau noir dans la chambre ; il fallait laisser le rideau à moitié ouvert pour qu'un œil puisse surveiller à chaque instant ce qui se passait à l'intérieur : on préparait des concours. Les chambres étaient fouillées très souvent. Et moi, j'ai été vite suspect, premièrement parce que j'avais quand même une formation très laïcisée, donc, je ne participais pas à la mise en scène religieuse, mais, en plus, je commençais à m'intéresser vraiment d'assez près à la littérature. Les Jésuites avaient une admiration littéraire très forte pour Camus.

D. H. : Pour Camus ! L'homme moral !

Ph. S. : C'était un des auteurs qui étaient très présents à ce moment-là. C'est d'ailleurs la grande époque des polémiques entre Sartre et Camus. Et Camus était défendu par les Jésuites, ce qui ne t'étonnera qu'à moitié, peut-être d'ailleurs avec beaucoup de lucidité sur la situation internationale de l'époque, qui les préoccupait en premier lieu. Mais enfin, puisqu'ils représentaient, eux, le pouvoir, l'autorité et la répression, j'étais contre. De toute façon, ça ne m'intéressait pas beaucoup. Je trouvais ça trop clair, trop méditerranéen, néo-grec, asexué. C'est Lautréamont qui me passionnait : « Plût au ciel que le lecteur, enhardi et devenu momentanément féroce comme ce qu'il lit, trouve, sans se désorienter, son chemin abrupt et sauvage, à travers les marécages désolés de ces pages sombres et pleines de poison… » Je lisais et relisais ça sous la table ; je n'y comprenais pas grand-chose, j'étais emporté.

II

Ph. S. : … Cela a été précieux d'observer ce système de valeurs juste avant qu'il bascule, finalement, dans le passé. J'en garde un souvenir aigu, nuancé, d'abord avec une réaction violente, négative, et puis, maintenant, avec une sorte d'amusement. Mais enfin, un de mes points de fierté c'est d'avoir été renvoyé.

D. H. : Renvoyé ?

Ph. S. : Renvoyé. J'ai d'ailleurs été renvoyé, en général, de partout, parce que j'étais dissipé, comme on dit, chahuteur…

D. H. : Clown ?

Ph. S. : Clown !

D. H. : À cette époque aussi ?

Ph. S. : Oui, oui, oui. J'ai eu ça tout de suite, c'est-à-dire que je perturbais les cours, je jouais de la trompette ou alors je faisais l'ours. Je faisais l'ours avec un camarade. On avait inventé ça dans les amphithéâtres — tu sais, comme ces petites boîtes où on tire sur un ours qui passe et qui, brusquement, se dresse en hurlant. Alors, j'avais chargé un camarade de me tirer dessus, de faire le geste de me tirer dessus d'en haut de l'amphithéâtre — moi, j'étais en bas, ou le contraire. Alors, de loin, il faisait..., comme ça. Feu ! Et moi, je me relevais brusquement en rugissant... J'avais inventé aussi — je l'ai gardé — un truc... J'arrivais à me faire éternuer d'une façon extrêmement explosive. J'avais des éternuements énormes, n'est-ce pas ? Donc, j'ai été mis à la porte. En fait, je voulais être mis à la porte, en général, puisque je passais mon temps à regarder par la fenêtre. Le mot « clown » que tu viens d'employer me rappelle que, au fond, cette histoire de spectacle au second degré, de mise en scène dans la mise en scène, m'a toujours intéressé. Ça, ça me vient de ma mère directement. Ma mère a beaucoup d'humour et a un don d'imitation remarquable, que je tiens d'elle d'une certaine façon. J'ai des possibilités d'imitation que je n'ai pas développées entièrement, du côté visible, mais la mimique, la pantomime, c'est quelque chose qui, sur le mode de la parodie, m'a toujours attiré, et que j'ai retrouvé dans mon écriture assez tard, bizarrement. Je pourrais te faire des imitations, en travaillant un peu, qui te feraient rire, de chanteurs, de choses comme ça. C'est une chose qui m'a toujours paru extrêmement importante comme portée philosophique, la capacité d'imiter de façon à faire ressortir le grotesque.

D. H. : Mais tu le fais toujours !

Ph. S. : Oui, mais je l'ai beaucoup fait physiquement d'abord. Comme du piano, sans apprendre. Ou du chant : j'aurais voulu être clarinettiste, chanteur.

D. H. : Tu le fais dans l'écriture.

Ph. S. : Maintenant, oui. Je ne l'ai pas fait au début. J'ai fait, au début, tu le sais, des livres assez austères. Alors, j'ai imité, en effet…

D. H. : Tu as imité Proust.

Ph. S. : … j'ai imité Proust. Mais ça, je l'ai fait sérieusement. D'une certaine façon, je m'appliquais comme un peintre à copier au Louvre pour apprendre la technique. Mais ce dont je veux parler, c'est de l'imitation parodique, de la faculté de faire passer la drôlerie dans l'écriture. Cela, je ne l'ai pas trouvé tout de suite… Donc : Lautréamont.

D. H. : À travers les surréalistes ?

Ph. S. : À travers les surréalistes[1]. Alors, sous le couvert du surréalisme — c'est-à-dire qu'il m'a fallu du temps pour émerger de l'interprétation prenante, pesante, du surréalisme, ce que j'ai fait par la suite — la lecture de *Maldoror* et des *Poésies* m'a absolument transformé. Si tu veux, il y a eu Baudelaire et Lautréamont. Lautréamont, c'est un livre dont j'ai toujours un exemplaire déchiré de toutes parts et que je continue à ouvrir constamment. Ça m'a paru définitif comme démonstration. Ça ne pouvait

1. J'ai rencontré Breton plus tard. J'ai reçu de très belles lettres de lui : il s'intéressait vivement à l'avenir de *Tel Quel*.

être qu'une sorte d'engagement radical, un jour ou l'autre. Aujourd'hui encore c'est l'exemple, pour moi, en français, avec Sade et Bossuet, Pascal, d'une des plus fortes machines de tous les temps. C'est une réussite absolue. Alors, à l'époque, je n'écris pas grand-chose : des petites bribes, comme ça, probablement plus ou moins poétiques — tu sais, comme on fait à cet âge. Mais enfin, ce n'est rien, quoi, pas grand-chose. J'écrivais pendant les cours. La chose que j'aime le mieux maintenant, c'est une pochade que j'ai écrite pendant un cours d'économie politique, et qui s'appelle *Introduction aux lieux d'aisance*, qui est un texte à la gloire des chiottes, des cabinets. Je m'embêtais tellement... Je me revois l'écrire sur mes genoux pendant un cours d'économie politique. C'était exactement vers 1955-56, probablement au moment même de l'expédition de Suez du gouvernement socialiste de Guy Mollet. Époque sinistre en France, très sombre, d'une part parce que l'après-guerre a mis longtemps à se dissiper, d'autre part parce que, justement, la situation politique était la situation coloniale. Et là, je voudrais insister parce que toute ma génération a vécu avec cette affaire. Je ne voulais pas la faire cette guerre, moi, à aucun prix ; j'étais antimilitariste spontanément. Et ça a fini par me faire des ennuis, puisque j'étais décidé à me faire réformer, de toute façon, et ça m'a conduit à faire le clown, mais alors, d'une façon triste, dans les hôpitaux militaires en

1960-61, alors que *Tel Quel* était déjà en train de se fonder et tout ça. D'une façon assez dramatique parce que, malgré les dossiers médicaux que j'avais, qui étaient bons, plaidables, j'ai été obligé, pour forcer la dose, de commencer une grève de la faim, de ne plus parler pendant trois semaines. Et quand on fait ça, ça risque vite de devenir assez dangereux. Au bout de trois semaines de simulation de la dépression nerveuse, tu finis par en avoir une, de dépression. C'est le moment où je me revois en train de passer des tests psychiatriques devant des médecins militaires. On subissait toutes sortes d'épreuves dans les hôpitaux. Je peux te dire, par exemple, que pour perturber un électro-encéphalogramme il faut grincer imperceptiblement des dents. Je te donne le truc, ça peut toujours servir, on ne sait jamais... J'ai été envoyé, à ce moment-là, à Montbéliard — c'est dans l'est de la France — dans un bataillon disciplinaire, où il faisait très froid — - 10°, - 15° tout le temps. On ne rentrait à l'infirmerie qu'à partir de 39° de fièvre. Et, pour avoir 39° de fièvre, je me baladais, le matin, torse nu, vers six heures, jusqu'à ce que j'aie vraiment de la fièvre pour être emporté à l'infirmerie; et là, commencer à ne pas prendre de médicaments pour être emmené à l'hôpital. L'hôpital, c'était Belfort. Après, on pouvait espérer, d'hôpitaux en hôpitaux, de tests en tests, d'observations en observations, enfin pouvoir être éjecté de l'armée. C'était particulièrement difficile, à ce moment-là, de se faire oublier. Donc les expériences que j'ai, qui consistent à essayer de se faire renvoyer — parce que, finalement, je crois que, jusqu'à ce qu'un écrivain ait trouvé à peu près le lieu où il peut se renvoyer lui-même de l'existence, il doit passer son temps à se faire renvoyer de partout parce que, sinon, c'est l'intégration, la fin de l'aventure... Donc, il faut se faire renvoyer des familles, se faire renvoyer des écoles, se faire renvoyer des armées, se faire renvoyer de l'université aussi bien, je crois. Il faut se faire renvoyer ! Eh bien, la plus grande difficulté que j'ai trouvée, ça a été, quand même, de me faire renvoyer de l'armée[1].

D. H. : Ça a pris combien de temps ?

Ph. S. : Trois mois. C'est très long. Trois mois, c'est finalement trois siècles, parce que la vie en hôpital militaire, c'est extrêmement strict, les vêtements sont confisqués, on vit en pyjama. C'était un moment très dur de rapatriement des hôpitaux militaires d'Algérie. Il y avait tous les blessés qui arrivaient par camions entiers. Il y avait des blessés atroces d'ailleurs. J'ai vu beaucoup de blessés du visage, des garçons amputés, aveugles, des gens qui étaient devenus fous. Enfin, c'était une hécatombe d'une grande partie de ma génération, parce que, là, c'était, du coup, les soldats du contingent. Ce

1. Grâce à Malraux, d'ailleurs (qui répondit à mon remerciement par cette simple phrase : « C'est moi qui vous remercie, Monsieur, de m'avoir permis de rendre, une fois au moins, l'univers moins bête. »).

n'était plus l'expédition militaire de l'armée de métier en Indochine, c'était vraiment la population française, touchée elle-même par la guerre. Tu remarqueras que, de cette guerre-là, pas plus que du pétainisme, on ne parle pas beaucoup en France. Ce sont deux périodes très noires de l'histoire de France, le pétainisme et la guerre d'Algérie. 1940, 1956, ce sont deux époques qui ne sont pas si loin, qui ont à peine vingt ans, n'est-ce pas, et quarante ans. Ça couvre donc une période très récente : la phase du fascisme, 1940, pendant l'Occupation, et, ensuite, la phase colonialiste, avec tous les phénomènes de racisme, d'attentats, de terrorisme et, surtout, de risque de putsch militaire d'extrême droite fascisant, qui a eu bel et bien lieu et qui a été, comme ça, déjoué. Je ne vais pas faire l'histoire de France, mais enfin, moi, je suis une goutte, à ce moment-là, dans cette eau. Et, à ce moment-là, je m'intéresse un peu moins à la littérature ; je m'intéresse à la philosophie. Je me rappelle que je lisais, à l'hôpital militaire, à Belfort, Wittgenstein ; j'avais le *Tractatus* sous mon oreiller. D'ailleurs, ça agaçait énormément les infirmières et les médecins, parce que les intellectuels étaient extrêmement mal vus à ce moment-là. Pour la plupart, ils étaient suspects d'être des traîtres, bien entendu, de ne pas défendre assez la France et l'Algérie française, etc. J'ai retrouvé, à l'époque, exactement la même aversion pour cette propagande nationaliste que j'avais déjà entendu ressasser dans les années quarante, quand j'étais tout enfant, propagande à laquelle ma famille s'opposait — donc, elle avait plutôt du goût — et que j'ai retrouvée ensuite, et ensuite, et ensuite, jusque vers les années 1960, 62, 63. Ça fait long. Pendant très longtemps, le devoir de la France, l'image de la France, le drapeau français, l'Algérie française. Et puis la langue française, etc. Non, là, j'ai une aversion définitive pour cette période. Cela s'est un peu amélioré depuis, mais enfin, disons que, déjà bordelais par rapport à Paris et à la France, c'est très lourd, d'une part parce que la civilisation bordelaise que je t'ai rapidement esquissée au début n'a pas grand-chose à voir avec la civilisation française, je crois — je voudrais le développer un jour — mais, vraiment, il y a quelque chose qui est autre, et, d'autre part, cette époque coloniale, etc. Puis, il y a eu le gaullisme qui a été un replâtrage monarchiste déguisé, sans trop le dire parce qu'il ne faut pas faire de peine aux Républicains, il faut leur remettre un peu de monarchie, sans trop avoir l'air de le faire. Bon ! Eh bien, ça a été une mauvaise époque, une époque sourde, lourde. Et là, il n'était pas question du tout de littérature comme on en parle aujourd'hui, à peine quinze ans après, avec cette tranquillité que nous avons en en parlant à New York aujourd'hui. C'était une époque dure où, justement, les forces traditionnelles, les forces académiques, institutionnelles, luttaient désespérément contre ce qu'elles sentaient bien être une sorte de fin, de fin de monde, pour le coup, enfin, de petit monde, mais de monde quand même, s'agissant, finalement, d'une longueur d'ondes qui couvre le XXe siècle depuis l'après-Première Guerre mondiale jusqu'aux années soixante. Voilà comme je daterais : 1920-1960, c'est une vaste période...

D. H. : Quarante ans de...

Ph. S. : ... dissolution...

D. H. : ... de noirceur.

Ph. S. : ... de noirceur, oui. Il y a ce que je sens de l'énorme cancer du fascisme en Europe... C'est une drôle d'histoire, hein ? L'Italie, l'Allemagne, l'Espagne... Mais aussi ce qui vient derrière, le stalinisme, l'alter ego tout aussi noir, qu'on ignore plus ou moins à ce moment-là. Bon ! Donc, j'écris, j'écris pendant les vacances en essayant, comme un autodidacte complet, de copier ce qui me paraît le plus abouti en français, à mon avis, à ce moment-là, Proust.

D. H. : C'était en quoi ? en... ?

Ph. S. : En 1955, 56, 57, 58, oui. Eh bien, voilà, ça se publie.

D. H. : Comment, « ça se publie » ?

Ph. S. : Ça se publie parce que j'envoie ça aux éditeurs. Il y a deux personnes qui ont joué un rôle important : c'est, d'une part — là, je suis à Paris, hein, maintenant ; l'épisode du service militaire se place un peu après ; enfin, peu importe la chronologie... Je vais assister à des conférences, en face de chez moi, de Ponge, à l'Alliance française. Il donnait là des petits séminaires où il y avait très peu de monde, des lectures passionnantes, passionnantes pour le jeune homme que j'étais, en tout cas. Et, comme ça, à la fin d'une de ses conférences, je vais le voir et je dis : « Voilà. Est-ce que je peux me permettre... » Je lui passe quelques papiers. Et on est devenus amis comme ça.

D. H. : Des papiers ?

Ph. S. : Des papiers, des petits écrits, des petites tentatives.

D. H. : Des poèmes ?

Ph. S. : Des proses. Des poèmes, je n'en ai pas fait beaucoup parce que je ne me sentais pas fait pour cela. Non, pas de poèmes — ou alors quelques mauvais poèmes, mais... au panier.

D. H. : C'est drôle, hein ? La plupart des romanciers ont commencé en étant des poètes.

Ph. S. : Ça ne marchait pas. Le but était la poésie, et même la grande poésie, mais enfin je pense qu'il a fallu que je fasse beaucoup d'efforts en prose pour arriver, peut-être, à quelque chose qui est une forme très bizarre de poésie, maintenant, mais qu'il a fallu que je réinvente complètement.

D. H. : J'allais dire que ce que tu fais maintenant, cette espèce de poésie...

Ph. S. : Les gens qui ont essayé de faire de la poésie à l'époque, eh bien, il n'y a pas grand-chose qui en est sorti. Au fond, ce qui leur manque, c'est d'avoir travaillé la prose pour, justement, déboucher sur la poésie. Je ne crois pas qu'on est un grand poète sans être un grand prosateur. C'est quelque chose qui vient en plus de la prose ; ce n'est pas quelque chose qui vient sans qu'on ait la prose. Je crois qu'il faut avoir la prose pour avoir la poésie et que ce n'est pas vrai qu'on est poète en dehors de la prose. Je crois que la prosodie, c'est quelque chose qui vient en plus et à l'intérieur de la prose. Mais enfin, peu importe !… Et Ponge me dit : « Voilà… » Ça a marché tout de suite. Il a montré ça à Paulhan. Paulhan a trouvé ça plutôt très bien, etc. Je l'ai rencontré assez souvent à l'époque, un des types les plus drôles que j'aie jamais vus… D'autre part, j'avais donné quelque chose à Cayrol aux éditions du Seuil, qui avaient ouvert une petite collection pour les jeunes écrivains. Alors, là, ça a été immédiat, je dois dire, parce que ça a été la course de vitesse à qui éditerait cela le premier, ce qui, en un sens, a été très bien parce que ça ne m'a même pas laissé le temps de réfléchir, mais, en même temps, m'a retardé — parce que j'ai eu, comme tu sais, une reconnaissance précoce, c'est-à-dire aussi que, pendant que je retournais à Bordeaux, je me disais qu'il fallait que j'aille voir Mauriac, parce qu'il était de Bordeaux, etc., pour lui demander des conseils. Alors, à Mauriac, je lui ai aussi donné un des premiers trucs que je venais d'écrire, et il s'est enthousiasmé. Les enthousiasmes ont été presque immédiats. Enfin, les enthousiasmes…

les encouragements, c'est-à-dire : « Mais oui, mais oui, c'est très bien, vous pouvez y aller ! » Là-dessus, j'ai écrit un livre qui est paru après. Alors, là, il y a eu une tempête de : « Oui, c'est de l'Aragon, du Mauriac... » Enfin, ce que l'on connaît très bien quand on parle de moi, si tu veux... Mythologiquement, c'est cette période-là de ma vie que les Français, finalement, retiennent surtout, c'est-à-dire que j'ai été un écrivain qui a donné de grands espoirs à la culture française et qui a épouvantablement déçu par la suite. (Rires.) Et ça, je crois qu'ils m'en ont beaucoup voulu parce que, premièrement, c'est assez rare un type de vingt ans, qui a droit à des feuilletons entiers d'Aragon, de Mauriac... « Voilà le nouveau génie de notre époque. Enfin la relève ! », etc. Bon ! Alors, les autres, ils ne sont pas contents ; ils sont jaloux. Ça les rend malades parce que... Peut-être que ce qu'ils font est mieux, d'ailleurs. Ils ont peut-être raison de considérer que c'est injuste. En plus, quand le personnage en question dit : « Écoutez, vous me dites que c'est bien, mais, moi, je ne trouve pas ça très bien et je vais faire autre chose », alors, c'est le comble de l'insolence, quoi. Au fond, j'ai choqué par mon attitude par la suite. C'est la raison de presque tous les ennuis que j'ai eus, et même des tortuosités de mon existence. J'ai choqué profondément le sentiment national, le sentiment qui veut qu'on joue le jeu, qu'on s'intègre, qu'on accepte la filiation qu'on vous tend, la place qu'on vous donne. Je les ai choqués et je crois qu'ils m'en ont voulu, qu'ils m'en veulent encore et qu'ils m'en voudront encore très longtemps, même peut-être toujours, parce que, d'une part, j'ai déçu les mises qui étaient faites sur moi parce que je n'ai pas continué cette tradition qui me paraissait exténuée... Ça me paraissait, en effet, peu de chose... Ce n'était pas bon. J'étais surpris. J'avais fait, comme ça, des petites gammes, et tout le monde applaudit ! J'étais très gêné. À ce moment-là, je me suis enfermé pour essayer de faire des choses que je sentais plus sérieusement.

D. H. : Alors, à cette époque...

Ph. S. : Mauriac a été le premier à avoir fait un grand article sur moi. Il écrivait, à ce moment-là, dans un journal qui s'appelle *L'Express*, qui était progressiste, qui luttait contre la guerre d'Algérie. Tu sais que Mauriac soutenait Mendès France. Il a soutenu Mendès France et, ensuite, il s'est rallié à de Gaulle. Par la suite, il a quitté *L'Express* et a fait un autre parcours politique. C'est donc à cette époque qu'il a fait tout un « Bloc-notes » sur moi en disant : « J'aurai été le premier à écrire ce nom. » Cela a fait, évidemment, sensation. En un sens, je dois dire que je trouve ça assez étonnant, aujourd'hui. Je n'avais pas de liens d'admiration, ni même personnels, tellement, avec Mauriac, mais je dois dire qu'il a quand même poussé les choses très loin, en s'engageant comme cela. Il aurait pu se tromper, après tout.

Et peut-être qu'il s'est trompé. Enfin, il a fait quelque chose d'assez explosif pour l'époque. Et puis, Aragon a emboîté le pas, — ce qui me permet de dire que j'ai été porté, comme cela, en avant, et simultanément, par une partie du Vatican et une partie du Kremlin. Un Vatican plutôt en cours de révision et un Kremlin essayant d'être plutôt rassurant à l'époque. Si tu vois l'histoire, c'était le moment où Aragon, notamment, essaye de faire son grand tournant. C'est après le XXe congrès en Union soviétique, c'est en 1958 et c'est le moment où il faut avoir l'air de changer. Bon ! L'histoire nous a prouvé que ce n'était que poudre aux yeux et illusions. Mais enfin, c'est quand même un moment de tournant historique important. Et il se trouve que moi, dans ce pivotement historique, avec mes petites feuilles de papier, j'apparais, pour des raisons de désarroi de la tradition française, comme pouvant l'assumer, la reprendre, jouer le même jeu, etc. La tradition m'adopte ! Alors, ma démission...

D. H. : Tu chantais seulement une chanson quand il s'agissait de trouver quelque chose de neuf ?

Ph. S. : C'est ça.

D. H. : Tu étais dans l'acceptable, quoi ?

Ph. S. : C'est ça, c'est ça. L'acceptable. Ça avait l'air d'être familier et, en même temps, prometteur, peut-être, d'une évolution des mœurs, enfin, de quelque chose d'un peu plus libre...

D. H. : Ça change assez, mais ça ne change pas assez…

Ph. S. : Voilà ! J'ai dit moi-même que je trouvais cela très mauvais. Alors, quand tu contredis des gens qui sont au pouvoir, il est évident que ça fait un certain remous. Pas seulement le fait que tu choques les gens qui t'ont fait des éloges et à qui tu dis : « Vous vous êtes trompés. J'ai mal joué la sonate. »… (Rires.) Mais tu choques aussi, non pas seulement les chefs d'orchestre, mais aussi beaucoup le public qui était prêt à t'applaudir aussi, sur la lancée, puisqu'on lui dit d'applaudir.

D. H. : Oui… Tu as dit ça où ?

Ph. S. : Oh, je l'ai dit assez vite… Je ne sais plus. Dans des interviews, dans des déclarations, parce que c'est le moment où, un an après, je fonde *Tel Quel* et je commence à écrire, d'une part, autrement, et à m'intéresser à ce que je considère comme étant vivant comme littérature à l'époque, c'est-à-dire le point, si tu veux, à l'époque, qui émettait les vibrations, c'étaient les Éditions de Minuit, autour de ce qu'on appelle encore le Nouveau Roman — bien que cette aventure soit maintenant antédiluvienne, préhistorique, ça se passait là, rue Bernard-Palissy. C'était assez prestigieux parce qu'il y avait l'attitude pendant la guerre d'Algérie, etc. C'est donc une sorte de forme de résistance à cette espèce de manie nationaliste française, enfin, donc, un lieu éclairé de ce point de vue. D'autre part, c'est là qu'il y avait quand même les jeunes, les gens de mon âge, c'est-à-dire que, bon, il y avait un groupe de gens qui ne voulaient pas faire comme les autres et qui choquaient les institutions et les académies, qui attiraient par leur attitude de refus et de revendications autres. C'est la bonne époque, à mon avis, des Éditions de Minuit, c'est-à-dire en 1957, 58, il y a Beckett qui a un grand prestige et Robbe-Grillet vient de publier *Le Voyeur*, *La Jalousie*. Et il publie *Dans le labyrinthe*. D'ailleurs, si tu lis le premier numéro de *Tel Quel*, il y a un article de moi sur Robbe-Grillet. Donc, si tu veux, à peine revêtu de la pourpre classique, je déserte et j'apporte, avec une revue, quand même, et mes modestes possibilités critiques, mon soutien à tout autre chose, c'est-à-dire, d'une part, à ce qui se passe à Minuit, d'autre part, à Ponge que j'aime alors beaucoup. Je fais, je crois, une conférence sur Ponge à la Sorbonne, qui a eu un petit retentissement à l'époque et qui a été très utile pour lui, parce qu'il était dans une situation matérielle délicate. Je crois que c'est en 1960. J'ai donc vingt-trois ans. Je parle dans le grand amphithéâtre de la Sorbonne et je dis que Ponge est un auteur qu'on devrait connaître. Il y a beaucoup de monde. Bon ! Ce n'est pas ce qui était attendu, si tu veux, c'est-à-dire que, tout à coup, je mettais l'accent sur des valeurs qui n'étaient pas les valeurs académiques — du moins, pas encore, parce que, depuis, elles le sont devenues. Tout peut devenir académique. C'est pour cela que, aujourd'hui, tout ça paraît dérisoire. Mais il faut se replacer dans le contexte de l'époque où c'était subversif, sans aucun doute. Et, à ce moment-là, je me mets à écrire ce qui sera, un an après, en 1961 — c'est à ce moment-là qu'il y a aussi les difficultés militaires dont je t'ai parlé tout à l'heure —, ce petit livre qui s'appelle *Le Parc*, et qui, lui, va tomber complètement à plat. On va le critiquer beaucoup parce qu'on va dire que c'est une sorte d'adhésion au Nouveau Roman, que c'est dans le sillage de Robbe-Grillet, etc. Bon ! Avec le recul, il faudrait voir. Dans le contexte de l'époque, c'est apparu comme cela, je ne dis pas que ce soit un livre d'une grande originalité, mais c'est déjà quelque chose qui est assez personnel dans l'ordre de l'écriture se racontant elle-même. Dans ce sens, mon premier livre, au fond, pour moi, c'est *Drame*. C'est un livre que j'ai écrit par la suite et qui paraît en 1965. Celui-là, c'est déjà, à mon avis, l'expérience fondamentale (Barthes publie sur lui un grand article[1]). Mais *Le Parc* a déjà des petites couleurs comme ça. Ce n'est pas grand-chose, mais, entre-temps, il y a eu donc *Tel Quel* qui commence déjà à faire parler... *Tel Quel* naît, comme tu le sais, en mars 1960. Printemps 1960, c'est-à-dire la pleine époque de la guerre d'Algérie. Et, paradoxalement, alors même qu'on va souffrir individuellement très

1. *Drame, Poème, Roman* (1965), repris dans : Roland Barthes, *Sollers écrivain* (Seuil, 1979).

profondément de cette situation, il n'y a pas de déclaration explicite, dans la revue — ce qui me sera beaucoup reproché par la gauche, par la tradition de gauche en France. Avoir fondé une revue de littérature « pure » paraissait conservateur ; comme si la littérature était, par essence, réactionnaire. Bon, c'est souvent un thème retenu contre *Tel Quel*. Dans le premier numéro, je publie un texte bizarre, qui s'appelle *Requiem*, qui est la description la plus froide possible de l'enterrement d'un ami tué, justement, pendant la guerre d'Algérie. C'est un texte où je veux avoir une efficacité politique indirecte, bien sûr, mais par le biais de la description froide, glacée, de l'absurdité d'un enterrement. C'est un des premiers textes que j'aie écrits à cette époque-là. Cela fait partie des courts textes qui sont dans ce petit livre qui paraît en 1963 et qui s'appelle *L'Intermédiaire*. Il y en a un autre qui s'appelle *Background*, qui relate — et, à mon avis, c'est le plus réussi — les tests dans les hôpitaux militaires de l'époque. C'est une petite nouvelle où je fais allusion directement à mes expériences d'hôpitaux militaires et de tests, pour l'asthme notamment, c'est-à-dire des crises d'asthme déclenchées dans les sous-sols des hôpitaux, devant des machines à étudier le souffle, la respiration. Donc, *Tel Quel*, 1960, trimestriel, au Seuil. Et là, eh bien, tu connais presque tout de suite les positions de la revue. Il n'y a qu'à voir ce qu'on a publié dans les premiers numéros : c'est assez clair ; c'est tout de suite, eh bien voilà, le Nouveau Roman, et puis Artaud, Bataille, etc. C'est-à-dire le premier objectif : définir la longueur d'ondes de la culture qui nous intéresse, nous, à ce moment-là, en tant que gens de cet âge-là, de cette époque-là. Il faut bien voir une chose, c'est qu'il n'y a pas d'œuvres complètes d'Artaud, il n'y a pas d'œuvres complètes de Bataille à l'époque, il n'y a rien. C'est une sorte de champ de ruines. Artaud est mort en 1948. Bataille va mourir en 1962. Et il nous confie des textes de lui que nous allons publier, par exemple une conférence sur le Non-Savoir. Je l'ai connu. Il venait nous voir dans notre petit bureau. C'est l'être humain qui m'a fait l'impression la plus forte. De charme tragique et joueur. D'authenticité. Donc, tout cela, si tu veux, est encore dans l'obscurité de cette après-guerre, prolongée de la guerre coloniale…

D. H. : Et comment ça s'est fait au Seuil… Pourquoi le Seuil ?

Ph. S. : Parce que le Seuil, déjà, était mon éditeur — c'est lui qui avait publié mes premières petites machines. Donc, ça s'est trouvé être comme ça, la revue, créée par des gens qui avaient vingt-trois ans, vingt-quatre ans à l'époque — ce qui n'est finalement pas si courant ; ou, plutôt, c'est courant, mais c'est peu courant que ça fonctionne, c'est-à-dire que ça dure vingt ans après, quoi, finalement. Il y a beaucoup de petites revues de jeunes. Cela aurait pu être une petite revue de jeunes…

D. H. : Oui, c'est rare !

Ph. S. : Il y a beaucoup de types qui se réunissent et qui font des petits essais de tentatives de revues. Ça, c'est assez classique. Il y a toujours des groupes d'amis qui font une revue polycopiée, peut-être parfois imprimée. Mais c'est assez peu fréquent que ça tienne le coup.

D. H. : Oui.

Ph. S. : Voilà ! Et donc, bon, on en est au numéro 78, qui va d'ailleurs coïncider avec l'année 1978. Mais l'histoire de *Tel Quel*, c'est une thèse à faire…

D. H. : Oui, mais je ne vais pas t'en parler.

Ph. S. : D'accord !

D. H. : Alors, tu as commencé par écrire un roman proustien et, après, tu as créé un roman plus ou moins nouveau ?

Ph. S. : C'est encore proustien, mais d'une autre façon… Moi, je trouve que c'est plutôt Henry James qu'autre chose, en fait.

D. H. : Tu connaissais Virginia Woolf ?

Ph. S. : Bien sûr, j'avais lu ça avec beaucoup d'intérêt : *Les Vagues, Mrs. Dalloway*… mes livres, à l'époque, je considère que ce sont des ébauches, des aquarelles. Je verrais ça, dans une rétrospective picturale, comme de petites esquisses de début. Il y en a qui sont assez réussies, d'autres qui sont plus banales, un peu prises dans des styles déjà connus. Mais enfin, c'est classique. En fait, j'apparais comme un cas étrange parce que ces débuts ont été énormément prônés. Tout le monde, ou presque, semblait me trouver doué, en avance, alors que je ne me sentais pas au point, en retard. Les commencements auraient été obscurs, c'est-à-dire que, en fait, je serais tombé sur un éditeur qui m'aurait dit : « Non, ne faites pas ça. Faites autre chose. Voilà un premier manuscrit qui n'est pas très réussi », alors, j'aurais eu probablement une tout autre destinée. Mais, en même temps, je paye toujours, comme réputation, le fait d'avoir été favorisé trop tôt et trop vite. Je t'assure que c'est une chose qui m'a exposé vraiment au ressentiment.

D. H. : Mais comment ça ?

Ph. S. : C'est ma faute, dans un sens.

D. H. : C'est marqué comment ?

Ph. S. : C'est marqué par le fait que les gens sont jaloux, ne sont pas gentils, sont exaspérés, sont désagréables. Voilà ! Qu'est-ce que tu veux que je te dise ? C'est comme ça !

D. H. : Parlons un peu de ta vie personnelle.

Ph. S. : Tu sais, il y a un problème, je crois, décisif qui est le rapport de la sexualité à l'art en général, et à la littérature en particulier. Freud dit que l'hystérie est une œuvre d'art déformée. Par conséquent, une œuvre d'art réussie, ou non déformée, devrait, en principe, être le contraire de l'hystérie ? Seulement, l'hystérie, dans son sens fondamental de matrice, est vraiment quelque chose dans quoi non seulement nous naissons, mais qui nous tient, bien au-delà de la naissance, dans une sorte d'étau, d'étreinte fondamentale. Autrement dit, l'œuvre d'art, en raison des capacités de sublimation de la sexualité qu'elle implique, pose toujours une question gênante à l'époque où elle se produit, de plus en plus gênante depuis, sans doute, qu'il n'y a plus cette codification du sacré et cette possibilité de reprise, par le sacré, de la sexualité. Donc, je dirais que, d'une certaine façon, ce qu'il en est de la sexualité de l'artiste ou de l'écrivain est devenu de plus en plus énigmatique. De tout temps, on s'est demandé ce qui se passait là. Et c'est ça, en général, qui mobilise l'intérêt des chercheurs, voire même de l'opinion, qu'il s'agisse de Shakespeare dont la psychanalyse n'a pas cessé de se demander qui il était, jusqu'à ce que l'on finisse par prendre des mesures de répression plus sévères à l'égard de qui se signalait par une possibilité de « réussite » à travers la sexualité, vers la sublimation. Je fais cette petite introduction pour te dire qu'il ne faut pas s'attendre que le problème soit aisément simplifiable et qu'on puisse, à propos d'un écrivain donné, lorsqu'il dépasse, disons, un petit peu le cadre commun, donner des précisions ni même des faits irréfutables, même si c'est lui qui en parle. Même si c'est lui qui en parle, parce que, après tout, il peut mentir.

D. H. : Oui ! Et même à lui-même…

Ph. S. : Et même à lui-même, mais je ne crois pas que ce soit mon cas. Donc, ce que je peux dire dans cet ordre de choses, c'est que je crois qu'il y a, en ce qui me concerne, un problème de précocité. Par précocité, j'entends le fait d'avoir compris très vite, très tôt, que l'enjeu fondamental se passait dans cette région sexuelle et d'avoir pris, disons, la mesure, assez rapidement, de la formidable hypocrisie du lien social en tant que tel par rapport à cela. Je peux dire que, dès l'âge de quatorze ou quinze ans, je suis, en même temps que la passion de la littérature s'impose à moi, au courant de l'effectuation sexuelle, avec des partenaires féminins — ce qui est loin de simplifier les choses, comme on pourrait le croire, surtout de plus en plus à notre époque. (Rires.) Et je pourrais m'expliquer là-dessus très longuement car, à vrai dire, il ne se passe pas de jour où je ne constate cette bizarrerie de notre culture qui veut qu'au fond le fait de pouvoir passer en tant qu'homme à travers des femmes devient de plus en plus difficile. Cela devient de plus en plus sexuellement dissuadé tant et si bien qu'on risque bientôt d'arriver à cette situation que, alors que, disons, l'homosexualité aurait été pendant des siècles la chose non dite de la société et se passant dans ses coulisses et, par conséquent, représentant un lieu de révélation éventuelle ou de secret éventuel, eh bien, cela deviendrait de plus en plus contraire. En tout cas, j'en ressens la pression de plus en plus, et notamment en étant ici à New York. Je ne pense pas que ce soit pareil dans le Wisconsin ou ailleurs. La sollicitation, n'est-ce pas, à... comment dire? La sollicitation, la pression, la propagande culturelle, dans le sens du sexualisme, me paraît très forte, et je l'entends comme une forme de censure nouvelle.

D. H. : C'est tout à fait vrai dans le Wisconsin, partout.

Ph. S. : Alors, ça, ça me paraît très intéressant. Je prends la radio de temps en temps. Il y a toutes les vingt minutes, une publicité pour les particularités sexuelles, l'épanouissement sexuel considéré comme naturel, etc. Je veux dire par là qu'on vit dans une tellement grande mutation de l'espèce, tellement énorme, qui affecte absolument toutes les cases, toutes les définitions, que ce qui aura été considéré comme interdit va être tout à coup prôné comme une chose finalement normale, etc. Tant et si bien que la distinction entre le normal et l'anormal est en train de changer, que l'anomalie va peut-être devenir la norme et que ce qui aura été normal sera peut-être tout à fait anormal. C'est surtout en train de changer dans la conception qu'on se fait des femmes en tant que telles, et pour cela il a suffi de maîtriser techniquement la peur de la reproduction de l'espèce. La contraception…

D. H. : Ça, c'est une idée clé, hein ?

Ph. S. : Bien sûr !… Donc ce passage devient d'une fluidité sans précédent. C'est dans un paysage bouleversé que s'inscrivent désormais les expériences de tout le monde. En tout cas, en Occident — n'exagérons rien —, dans les sociétés capitalistes avancées d'Occident… Parce que je te rappelle tout de suite que les trois quarts de la population de la planète sont dans un état de sous-information radicale à ce sujet. Et dans la faim, tout simplement. Mais enfin, prenons la pointe avancée, ce cerveau de la planète — et nous y sommes, nous sommes à New York — et voyons ce qu'il y a dans le cerveau en tant qu'il exprime ce qui vient du sexe. Eh bien, là, on assiste à de très grands effets de mutation qui vont avoir des conséquences extrêmement importantes sur la vie de l'espèce humaine. Alors, de ce point de vue, mon expérience à moi est assez paradoxale, je crois, dans la mesure où ces choses me paraissent plutôt très simples, n'est-ce pas ? Je n'ai jamais eu le sentiment — et c'est étrange — que la valorisation de cette affaire-là soit intéressante, n'est-ce pas — si tu vois ce que je veux dire ? Je sais, n'est-ce pas, qu'il en est ainsi dans la plupart des vies, des psychologies, des ruminations psychologiques. Je sais, je constate, je vois. Les gens se « définissent » comme ça. Moi, ça ne m'a jamais paru particulièrement intéressant. Ça ne veut pas dire du tout que ça ne m'intéresse pas, mais d'une façon, encore une fois, qui n'atteint pas un haut degré de valorisation. Ce qui fait que, si tu prends mon cheminement par rapport à ça, tu vois s'opérer une position de plus en plus nette d'ailleurs dans *Paradis* qui consiste à faire valser cette question sous une forme qui va d'une extrême attention à l'investissement sexuel et, en même temps, qui tourne à la parodie assez vite. Ce qui fait que c'est investi, mais, en même temps, avec un assez grand détachement. Le comique naissant pour moi toujours du fait que je me rends compte que les gens y croient. Je vois dans cette croyance à l'importance extrême de la sexualité, quelque chose qui non seulement est à la source de toute religiosité — c'est-à-dire que le religieux ancien y croit tellement qu'il ne veut surtout pas en entendre parler — et je verrais dans notre époque, la tentative partout présente de fonder là-dessus, en en parlant, une religion nouvelle.

D. H. : Ou bien on ne parle que de ça, ou bien on n'en parle pas.

Ph. S. : Oui, oui, c'est ça. Tiens, puisqu'on parlait des Jésuites... Disons que mon expérience à moi, qui ne correspond pas à celle de Joyce, de ce point de vue, c'est au contraire d'avoir été frappé extrêmement par le fait que les rares conversations que j'ai eues avec eux portaient sur le fait que cette question était absolument secondaire, qu'elle n'était pas du tout importante — ce qui prouve que les Jésuites s'étaient recyclés par rapport à ce qui allait venir...

D. H. : Chez Joyce, ce ne sont pas les Jésuites qui parlaient comme ça, ce sont les Capucins.

Ph. S. : Tout change, tout change... Finalement, n'est-ce pas, je dois dire que l'endroit où j'ai constaté que la chose était prise avec une sorte de distance et que, après tout, ce n'était pas très important, c'est plutôt dans ce coin de civilisation catholique. Il y aurait beaucoup de choses à dire sur la coloration des différentes positions culturelles, mythologiques et religieuses par rapport aux faits dits de sexe. Au fur et à mesure que je réfléchis à cela, il me paraît bien tout de même que, en ce qui concerne la culture occidentale — puisque c'est là qu'on est —, la culture catholique est finalement, avec tous ses excès, celle qui donne au relief sexuel sa plus juste appréciation, à la fois très investie et très détachée. Catholiques et protestants, là, c'est l'abîme. L'abîme du baroque, si tu veux... Alors, dans mon cas, c'est donc une assez grande précocité... Bon, bien sûr, je ne vais pas te détailler les expériences. Mais, pour s'en tenir à un point général, disons que mon intérêt pour les femmes, n'est-ce pas, est certainement le motif, au sens pictural, qui a impulsé mon écriture, sans aucun doute.

D. H. : Dès le commencement ?

Ph. S. : Ah oui, c'est visible.

D. H. : C'est visible ?

Ph. S. : Ah oui ! Donc, je remercie les combinaisons chimiques, généalogiques, culturelles, névrotiques qui m'ont permis d'être, à ce niveau-là, au courant de ces choses assez tôt. Plutôt même très tôt, si j'en juge par des comparaisons avec des gens de ma génération, si tu veux. Disons que j'ai vécu ça plus intensément et plus librement, semble-t-il, que la plupart des gens de ma génération que je connais, et plus tôt. En général, je pense que c'est une question qui, évidemment, reste très surveillée par le lien social. Il ne faut pas croire, parce qu'il y a une prétendue libéralisation des représentations sexuelles, parce qu'on fait semblant de libérer les marginalités, parce qu'on a l'air de traiter enfin la question d'une façon « scientifique », que le refoulement ne reste pas rigoureusement le même, toujours. Je suis, moi, persuadé que le refoulement reste le même quoi qu'il arrive, et que, de ce point de vue, l'espèce ne connaît absolument aucun progrès et n'en connaîtra jamais.

D. H. : Jamais ?

Ph. S. : Jamais ! À jamais ! C'est pour cela que ce qui arrivera à dire ça — et à le dire bien — ouvre une nouvelle ère, ce qui arrivera vraiment à dire, à le dire aujourd'hui, n'est-ce pas ? Parce que, il est clair qu'écrire aujourd'hui cela, c'est aller à contre-courant de toutes les entreprises de normalisation par reconnaissance même de l'anomalie de la non-norme, autrement dit l'emprise de plus en plus contrôlée de l'espèce sur elle-même. Nous vivons cette mutation qui consiste en une expropriation générale des individus de leur sexualité à des fins de contrôle systématique. Et sous prétexte de les libérer, bien entendu, c'est toujours l'idéologie qui est présentée comme une libération qui va renforcer le contrôle. Je suis de plus en plus hostile aux discours démagogiques à ce sujet.

D. H. : Moi aussi, mais ce qui m'intéresse, c'est que tu dis que ça n'a jamais changé. Tu as peut-être raison.

Ph. S. : Je crois que ça n'a jamais changé.

D. H. : Ça n'a jamais changé ? Ça a changé de lieu ?

Ph. S. : Oui, c'est ça ! Mais, là, nous tombons sur quelque chose comme un roc, n'est-ce pas, que je crois qu'il faut affirmer avec la plus extrême netteté : que, d'une part, il n'y a pas de bonne société possible — il y en a de moins mauvaises que d'autres, ce qui est tout à fait différent —, c'est un point de vue métaphysique…

D. H. : Je suis tout à fait d'accord.

Ph. S. : Je dis cela après avoir beaucoup cru au marxisme, à la Révolution, etc. Surtout à cause de la Chine, pays qui me fascine depuis toujours… Mais, il y a de moins mauvaises sociétés que d'autres, d'une part, je crois désormais qu'il faut s'en tenir là, être pessimiste, et, deuxièmement, dire qu'il n'y pas de sociétés qui puissent réellement s'arranger de cette affaire du sexe. On peut procéder à des remue-ménage, à des réorientations, à des réaménagements, mais — là, je suis freudien, si tu veux — le simple fait qu'il y ait une société implique un refoulement originaire, alors que tout le monde passe son temps à croire que c'est la société qui empêche l'individu de se réaliser. Mais c'est tout à fait faux. Le fait qu'il y a une société, découlant du simple fait qu'il y a une famille, est déjà une certaine limitation de l'appréhension du phénomène en tant que tel. Et je dois dire que cette chose-là, je la rationalise maintenant au flair, à l'intuition — c'est ce que j'appelle un effet de précocité. Je pense en avoir été conscient très tôt et même, peut-être, dès l'enfance d'une certaine façon, peut-être déjà dès l'enfance. C'est même sûr.

D. H. : Tu sais, ce que tu dis m'intéresse parce que, après tout, quand on parle de cette image de clown et de danse, comme hier... Ce n'était pas dans ce contexte, mais j'ai oublié de dire que les clowns fixent les limites sociales, c'est-à-dire qu'ils définissent les règles. Les clowns sont ceux qui doivent briser les règles, commencer à briser les règles[1].

Ph. S. : C'est ça. L'interdit et la transgression.

D. H. : Alors, chaque société, et même la nôtre aujourd'hui, forme des cadres clowns... Ou bien les cadres se forment eux-mêmes...

Ph. S. : Clowns volontaires ou involontaires ? C'est le problème.

D. H. : ... pour dire à tout le monde : « C'est ce qu'on ne doit pas faire ! » ; en le faisant.

Ph. S. : Oui, je crois qu'il y a là une structure très profonde qui est que, pour permettre, il faut interdire et que, par exemple, ne pas interdire, c'est être agressif, contrairement à ce que croit la psychologie libérale, notamment, par exemple, entre parents et enfants, c'est-à-dire la fameuse attitude de permissivité : « Ah ! je comprends tout. Mais oui... » Eh bien, tu sais que tous les sondages — là, nous sommes dans la sociologie, mais c'est intéressant — tous les

1. Cf. David Hayman, *Au-delà de Bakhtine* (*Poétique*, 13).

sondages, toutes les enquêtes prouvent, n'est-ce pas, que les enfants sont très malheureux s'ils manquent d'interdits. Alors, il y a deux excès : c'est l'interdit angoissé qui est fait pour se protéger soi-même de la chose, ou bien c'est la permissivité qui est une agressivité en fait. Ne pas interdire à quelqu'un dont la demande est de vouloir élaborer la négation pour la dépasser, c'est comme si on voulait lui interdire de jouir. Être permissif, n'est-ce pas, surtout sur le plan de la sexualité, c'est ne pas vouloir jouer le rôle sacrificiel extrêmement important de celui qui sait comment jouir. Or, le savoir qu'on peut avoir sur cette affaire implique qu'on sait très bien qu'on jouit parce qu'on a transgressé quelque chose d'interdit. Refuser à quelqu'un, qui ne sait pas comment jouir, un interdit, c'est lui refuser sa jouissance. Je me demande si on n'entre pas là dans une nouvelle grande époque de répression.

[illegible]

[illegible] qui est [illegible]

[illegible] Rieux [illegible]

[illegible]

III

D. H. : On va recommencer avec l'histoire de Joyce et Sollers. Tu m'as parlé une fois de ce moment, après la mort de ton père, où tu as trouvé que *Lois* ne marchait pas.

Ph. S. : J'avais écrit une assez grande partie de *Lois* et j'étais arrivé à une impasse dramatique. Je sentais que cela devait être entièrement refait — ce que, finalement, j'ai fait.

D. H. : C'était comment, ce que tu as fait ?

Ph. S. : Ce que j'ai écrit d'abord était encore assez comme *Drame* et *Nombres*, c'est-à-dire la recherche d'une coïncidence aussi serrée que possible entre l'acte d'écriture et le récit ; l'acte dictant le récit, le récit racontant l'acte... Mon désir, à ce moment-là, est de construire un mécanisme de mouvement perpétuel, le monde s'écrivant et se lisant, le livre devenant monde... J'ai l'impression de toucher, en traçant les mots, un fond géométrique, algébrique, « magique »... Ni dedans, ni dehors... Ni conscient, ni inconscient... Je veux atteindre le « tissu » dont nous sommes faits (tu sais, le « *we are such stuff as dreams are made of; and our little life is rounded with a sleep*» de *La Tempête* de Shakespeare)... Il y a beaucoup de récits de rêves : je tenais des carnets nocturnes avec notations, analyses, je les ai d'ailleurs perdus, comme par hasard, à un moment bien précis... Un tissu, donc, en train de brûler, de se consumer... Un incendie simultané des mots et des choses dans le roulement de la narration... Aujourd'hui, j'aimerais insister sur le côté « exercices spirituels » de *Drame* et de *Nombres*. Je voulais vraiment me séparer de mon corps, devenir uniquement l'entrelacement des syllabes, des lettres... Je crois que j'arrivais à des états d'assez grande concentration... De transparence hallucinatoire... Je me revois en train de me réveiller non pas en moi mais *dans la page*, tu comprends... C'était la légèreté et la modulation de la phrase qui me vivaient... Ou encore, terminant *Nombres* dans une chambre d'hôtel à Amsterdam, je vois tout à coup mon sang couler de mon nez sur le papier, c'était beau... Comme si j'avais atteint le cœur et la pulsation de la chose... Je me couchais, je fermais les yeux, j'attrapais au vol la continuation du récit, tout près, contre moi, dans l'ombre, avec une drôle de couleur bleu nuit, une aile de nuit... Ça se déroulait tout seul, mais c'était très compliqué à suivre. Le problème, c'était d'atteindre à l'enveloppe de toutes les histoires possibles, de pouvoir traiter telle ou telle histoire simplement comme un

« moment » dérivé, secondaire... Quand tu as approché cette surface diagonale, légère, cette possibilité de résumé instantané, tu ne peux que trouver dérisoire la demande d'histoire lourde, « racontez-nous une histoire », l'obsédante demande d'identité limitée, psychologique, le besoin de personnage, etc. — Tout le monde veut ça, semble-t-il, c'est comme une nécessité de ponctuation, mais qu'est-ce que j'y peux ? Ça ne marche plus, c'est foutu... En tout cas, pour moi... C'est la crise tonale, la crise viennoise (d'un côté Freud, de l'autre Schönberg, Berg, Webern, bizarre trinité...). La crise qui fait valser les sujets... Tu rentres dans le « rythme fondamental » (*Hauptrythmus*)[1], tout le reste te paraît trop lent, trop explicite... Bref, tu t'enfonces dans le malentendu... J'en étais donc là de mes spéculations, l'idée extérieure étant finalement de reprendre une certaine tradition de la Renaissance, que tu vois développée dans les livres de Frances Yates, *L'art de la mémoire* et dans un autre, non traduit en français, je crois, qui s'appelle *Giordano Bruno and the Hermetic Tradition,* livre d'ailleurs, le deuxième, d'où j'ai extrait plus tard la vignette qui figure sur la couverture de *H*[2].

1. Cf. Dominique Jameux, *Berg,* Seuil, 1980. Mais il faut parler aussi du *sprung rythm* du fabuleux poète jésuite anglais G. M. Hopkins (conception de l'individuation dans le verbe liée à la théologie de Duns Scot).

2. Sur *Nombres,* cf. Julia Kristeva, *L'Engendrement de la formule* (*Sémiotiké, Recherches pour une sémanalyse,* Seuil, 1969).

D. H. : C'est-à-dire ?

Ph. S. : C'est-à-dire un emblème mystique de la connaissance dessiné par Bruno, que je lisais en profondeur à l'époque. Je lisais également Vico...

D. H. : À cette époque ?

Ph. S. : À cette époque-là. Je remarque d'ailleurs en passant que absolument personne ne s'est posé la question de la signification, pourtant extrêmement évidente, de cette figure sur la couverture de *H*, et que ça a joué le rôle merveilleux, habituel, de la lettre volée qui est en pleine évidence et que personne ne voit. Je ne pense pas avoir reçu la moindre question sur cette figure.

D. H. : Un de mes étudiants m'a questionné, tu sais ?

Ph. S. : C'est la figure de l'Intellect, *Figura Intellectus*, dans un traité où Bruno renvoie dos à dos mathématiciens et philosophes. Il propose l'infini par d'autres moyens. Par « l'intérieur » de l'extérieur, si on peut dire. C'est sans doute pourquoi on l'a condamné au bûcher... Je continue *Lois* dans une première version — cela se passe dans l'année 1970. *Nombres* est paru en 1968 — je l'ai écrit en 1966-67. Et, l'année 1969-70, je m'enfonce dans *Lois*. Dans mon esprit, je devais aussi reprendre, et approfondir le côté chinois de l'aventure, qui était déjà pré-

---

Sur *H*, du même auteur, cf. *Polylogue* dans *Polylogue* (Seuil, 1977).

sent dans *Nombres*, puisque tu te rappelles que, dans ce livre, l'idéogramme vient jouer un rôle de butée dans l'écriture et vient sonner de façon visuelle à la fin des séquences, séquences elles-mêmes condensées de telle façon que la phrase évolue vers le télégramme, le télex. C'est d'ailleurs la raison pour laquelle *Lois* a un idéogramme chinois, un idéogramme *fa* qui veut dire « loi » justement, sur la couverture, l'idéogramme *fa* que tu retrouves, qui est la clé de l'idéogramme de *fa-guo*, qui veut dire « la France ».

D. H. : *Fa...*

Ph. S. : *Fa-guo*, c'est la France. Le mot « France », en chinois, se dessine avec la clé qui veut dire « loi ». En plus, comme tu t'en doutes, bien entendu, non seulement j'avais en vue une critique sous-jacente aussi nette que possible, des « Lois » de Platon. Mais, évidemment, en tant que *private joke*, il y a aussi Montesquieu et *L'Esprit des lois*. J'en étais là. J'avais fait du chinois pendant deux ans... J'essayais de « voir » en chinois... J'étais parti d'une façon, encore une fois, très géométrique. Quand je revois ces gros efforts, n'est-ce pas, pour tenter une géométrie, ça me touche comme une sorte de folie, parce que j'ai pratiquement oublié cette période qui, pour moi, couvre *Drame*, *Nombres* et la première version de *Lois*. Tu as, de cette première version de *Lois*, les traces assez curieuses qui sont les tentatives pour schématiser une sorte de cube. J'ai publié ça... Tu connais les dessins... ? Non, je te les enverrai. J'ai passé des journées, des mois, à imaginer que j'étais en train d'écrire réellement un cube, le dé de Mallarmé, car *Nombres* aussi s'achève sur cette image des dés. Et *Lois* commence sur le fait que, désormais, je suis en possession réellement d'une sorte de dé à écrire...

D. H. : C'est le livre magique chinois ? Le *Yi-King* ?

Ph. S. : Oui, oui, pas loin... d'un dé à écrire et que, maintenant, je vais passer mon temps à jeter les dés, que ça va s'écrire comme ça. Ma conviction, à ce moment-là, c'est que la figure du coup de dés, justement, est acquise et que ce n'est pas d'abolir le hasard qu'il s'agit, mais vraiment de le traiter un peu comme une machine aléatoire, combinatoire. Tu vois que, là, justement, c'est très mallarméen ou pas loin, dans cette région. Et d'ailleurs, quand tu reprends, à l'époque, le grand commentaire de Derrida sur *Nombres, La Dissémination*[1], tu vois précisément que j'arrive à me faire comprendre des contemporains de l'époque à travers une référence à Mallarmé. Je passe pour quelqu'un qui reprend et tente de pousser plus loin une expérience « de type mallarméen ». Mais c'est là où ça ne va pas marcher, justement ! Donc, j'étais dans cette écriture de *Lois* qui, par certains côtés, continuait

1. Jacques Derrida, *La Dissémination* (dans *La Dissémination*, Seuil, 1972).

celle de *Nombres*, laquelle, déjà, me paraissait saturée…

D. H. : Saturée ?

Ph. S. : Comble ! Je continue, mais je sens que la phrase est trop sourde, que la mise en scène de l'écriture par elle-même est arrivée à un point limite, que je ne peux pas vraiment m'en tirer comme ça. Et je commence à vaguement entendre qu'il faudrait refondre complètement la rythmique. Je commence à entendre cette nécessité ou, plutôt, à la sentir physiquement. À la subir, c'est-à-dire que je finis par éprouver ce type d'écriture, malgré mes efforts, comme trop devant moi, trop frontale, comme s'il fallait traiter autrement ce problème du ni dedans ni dehors, comme s'il fallait que je trouve quelque chose qui ne fasse plus référence à la géométrie, à cette espèce d'obsession géométrique. Je voulais qu'il y ait la certitude géométrique la plus poussée, c'est-à-dire que vraiment la répétition des séquences, face externe, face interne du cube, soit la plus construite possible et, que, en même temps, tout ça soit traversé constamment par… — tu verras les dessins ; c'est assez curieux — … traversé par le geste. La géométrie détruite par le geste, voilà ce qui est alors en train de m'arriver. Mais ça me paraît rester, d'une certaine façon, trop sourd.

D. H. : C'est très intellectuel tout ça !

Ph. S. : Ah !

D. H. : Tu ne trouves pas ?

Ph. S. : Si ! Mais qu'est-ce que j'y peux ?

D. H. : Oui... À vrai dire, je vois de plus en plus clair que le changement entre *Nombres* et *Lois*, c'est quelque chose de formidable.

Ph. S. : Oui, oui. J'essaye de te décrire la situation parce qu'il va arriver une catastrophe. Et alors, justement, en arrivant à cette espèce d'impasse, je sens qu'il faut refaire, reprendre tout. Et je me rappelle très bien le moment où ça s'est passé pour moi : ce devait être au milieu de l'année 1970, l'année où meurt mon père. J'insiste sur cette référence parce que ça a été un choc très profond, en même temps que les événements historiques qui se passaient — mais ça, c'est autre chose. Enfin, parlons subjectivement. Bon ! Brusquement, j'ai commencé à entendre la réécriture du texte que j'étais en train de faire, à l'entendre d'une façon absolument chaotique, c'est-à-dire à voir des *voix* sortir petit à petit de tout ce travail de construction géométrique, comme si se levaient du texte des personnages vocaux qui commençaient à exiger la parole. Mais enfin je parle de la mort de mon père parce que je l'ai vécue comme une scène shakespearienne — tu vas voir comment. J'étais en train de lire Maître Eckhart, que je lis depuis longtemps. Je le relisais à l'époque, n'est-ce pas. Mon père meurt au mois d'août 1970. Et je pars pour son enterrement à Bordeaux avec, dans ma poche, les sermons de Maître Eckhart, qui sont pour moi une source constante d'inspiration...

D. H. : Toujours ?

Ph. S. : Toujours ! Je l'avais dans ma poche. J'arrive à Bordeaux. L'enterrement se passe. Il y a la cérémonie religieuse, très désagréable, très routinière, très stéréotypée.

D. H. : C'est plutôt terrible quand on pense que ton père était athée…

Ph. S. : Mon père est mort dans les conditions suivantes : ma mère bien entendu voulait absolument qu'il y ait quelque chose de religieux. Il n'y tenait pas spécialement. Non, ça ne l'intéressait pas. Et puis, au moment où il est entré dans le coma, elle a quand même fait venir, par esprit d'habitude, un prêtre. À ce moment-là, il est remonté un petit peu, du coma, après le départ du prêtre et a dit, avec un gentil sourire : « Alors, tu es contente ! » Voilà ! C'est ce qu'elle m'a raconté après, un peu troublée. Alors, j'arrive là et je vois la cérémonie religieuse très grise, d'une pauvreté rituelle qui me frappe beaucoup, une sorte de misère symbolique. Et je me dis qu'il faudrait qu'il se passe quelque chose quand même, que ça ne peut pas se traiter comme ça, la disparition des corps. En même temps, je suis en train d'écrire ce que j'ai dit tout à l'heure. C'est pour te donner quelque chose de moins intellectuel. OK ?

D. H. : OK.

Ph. S. : Alors, on part au cimetière. La cérémonie se déroule. On descend le cercueil dans la fosse. Il y a le monticule de terre à côté et tout le monde s'apprête à ce que ça se déroule sans histoires, parce que l'humanité se débarrasse de cette question dans une sorte de malaise et de honte…

D. H. : C'est un déchet.

Ph. S. : Voilà ! C'est un déchet dont on ne veut pas savoir en quoi il n'est pas un déchet comme les autres. Depuis la préhistoire, on est quand même là sur le lieu de la question, parce que l'humanité a toujours senti que déchet sans doute, mais pas comme les autres, qu'il fallait le mettre dans certaines positions, lui ajouter un bol, une petite pièce de monnaie, un collier, quelque chose. Je cherche, moi, ce que je peux mettre comme pièce de monnaie, c'est-à-dire cet élément symbolique qui me paraît tragiquement manquant dans la cérémonie en question. J'ai alors l'impression de voir la civilisation dans laquelle nous sommes dans une misère effroyable comme si on avait perdu un sens très profond, comme si les charniers du XXe siècle avaient été la réduction la plus absolue de la possibilité de penser quand même la mort, son bord…

D. H. : Son bord ?

Ph. S. : Son rebord ! Eh bien, il faut que je fasse un geste. Alors, je fais en effet quelque chose, c'est-à-dire que, devant l'assistance stupéfaite, je monte sur le tas de terre et je lis un passage d'Eckhart. Tu vois la scène, comme dans *Hamlet* !

D. H. : C'est fort !

Ph. S. : J'ai lu un passage de Maître Eckhart. Dans le silence compact, personne n'a osé m'arrêter. Eh bien — tu me croiras si tu veux — cet acte — j'ai pris sur moi, hein ; c'est assez fou — n'a entraîné rigoureusement aucun commentaire ! Je l'ai fait et je suis redescendu. Personne ne m'en a jamais reparlé !

D. H. : Personne ?

Ph. S. : Absolument ! Ça a été *no comment.* « Il a fait ça. Il vaut mieux l'oublier tout de suite. » Je l'ai fait dans le sens où Maître Eckhart dit que, si les gens n'étaient pas là pour écouter un de ses sermons, il le ferait quand même à l'arbre qui est devant lui. Quelques mois après, j'ai commencé à me reposer la question des voix qui sortent de l'écriture. Il s'agissait de corps, de personnages vocaux, de profils, de supplications, d'invocations. « Laisse-moi parler », disaient les lambeaux de phrases, les déchirures... « Laisse-moi parler ! » J'étais sur une scène de théâtre, n'est-ce pas, où ces bribes, ces volutes, ces plumes me demandaient la parole. « Délivre-nous », me disaient ces ombres.

D. H. : C'est clair tout ça !

Ph. S. : Oui. Délivrer. Eh bien, je me suis dit : « Tiens ! Il y a quelque chose qu'il faut que je regarde à nouveau. C'est ce truc-là, *Finnegans Wake.* » Je me souviens d'avoir regardé, d'avoir relu. Je me disais : mais enfin, il s'agit de se poser le problème d'une sorte de résurrection dans le langage, il y a peut-être quelqu'un, là, qui a fait une découverte extraordinaire dont je me souviens vaguement... Et alors — je t'ai raconté cela déjà — c'est le moment où, devant

Finnegans Wake, j'ai eu une illumination — je lance ça comme ça. J'ai senti, avec une force très grande, que là se trouvait le début d'une nouvelle conception et qu'elle était en même temps immémoriale... En tout cas, elle se répétait sous la forme qui devait convenir à ce moment si misérable, si effrayant. J'ai eu l'impression que ce livre s'ouvrait à l'infini devant moi, qu'il était parfaitement transparent, simple, évident, très lisible, mais d'une lisibilité qui refuse absolument d'être la lisibilité de tout l'*avant* de ce moment. Et j'ai senti alors que c'était le point où j'étais parvenu, moi-même, d'une autre façon, que j'étais sur la même orbite...

D. H. : Tu n'étais plus influencé...

Ph. S. : Voilà ! Je ne pense d'ailleurs pas que le problème de l'influence puisse se poser, dans ce cas. Je ne pense pas que la transmission apostolique, dit Joyce, du « seul engendreur au seul engendré » soit de l'ordre de l'« influence »... Et tu sais que c'est la question de la paternité à l'état « apostolique et mystique », dit-il...

D. H. : Ouais...

Ph. S. : Mais oui... J'étais donc sur cette orbite-là. Tu as tout à fait raison de souligner que l'influence ne peut pas jouer ; elle peut jouer, alors, d'une façon tout à fait superficielle et, à ce moment-là, elle sera grimaçante, secondaire, dérivée, pénible, superficielle — ça se verra très vite — mais pas centrale. Or il s'agit d'un point d'ouverture, de reconnaissance. Là, c'est quelque chose qu'il faut absolument vivre soi-même, ou rien. Je n'ai pas été « influencé » par *Finnegans Wake*; j'ai fait le travail personnel, complètement solitaire, qui m'a permis un jour de voir ce livre comme quelque chose de *tout à fait simple*. À partir de là, j'ai eu la sensation que ça allait être très difficile. J'ai récrit tout ce livre qui s'appelle *Lois*[1], qui est plein de traces euphoriques, peut-être trop rapidement gaies... C'était très nouveau ; ça sortait de partout, ça arrivait de partout ; une sorte de concert...

D. H. : Un concert de quoi ? de voix ?

Ph. S. : Un concert de voix... Je dirais, plus exactement, de corps-voix, de gestes-voix... Tu sais que, tout de même, depuis très longtemps, je m'intéresse à Dante. Le premier texte que j'ai écrit sur Dante, qui date de 1965 — est en somme une curiosité dans l'ordre des intérêts intellectuels français. Il n'y a pas, à ma connaissance, d'écrivain français qui se soit intéressé à Dante comme moi.

D. H. : C'est-à-dire ?

Ph. S. : C'est-à-dire qu'il est pris très tôt, je ne dirais pas comme modèle, mais comme question fondamentale.

D. H. : Mais Dante est une question fondamentale pour Joyce...

Ph. S. : Oui.

1. Sur *Lois*, cf. Marcelin Pleynet, *Dés, Tambours*, dans *Art et Littérature* (Seuil, 1977).

D. H. : ... et pour Beckett...

Ph. S. : Eh oui. Ils y ont été obligés. Et Pound. J'aurais bien des choses à te dire sur Dante, bien des choses... Tout récemment, je suis retourné à Florence, avec une équipe de la radio, pour faire trois heures sur *La Divine Comédie*, pour donner ma propre interprétation de l'*Enfer*, du *Purgatoire* et du *Paradis*, et le faire sur place, comme un geste symbolique. Et je me suis répété : quand il y a eu une émission de télévision sur moi, on m'a demandé de faire un petit film, enfin, d'autoportrait... J'ai été le réaliser avec une équipe de cinéma, à Florence, à un endroit très précis, — la chapelle des Pazzi construite par Filippo Brunelleschi. C'est un film de vingt minutes en couleurs, avec un montage particulier, et dont j'ai donné ici une copie à la New York University — ils l'auront en dépôt, mais je te le signale pour que tu saches qu'elle est là, de telle façon que ce soit enregistré, que ce ne soit pas perdu. (Rires.) Donc, quand je te dis des « corps-voix », des corps-gestes-voix, eh bien, l'approximation, l'exposition de ce fonctionnement très particulier du langage est évidemment quelque chose que tu as indubitablement chez Dante à tout instant. Je pense que Dante est encore à creuser en profondeur.

D. H. : Mais comment, creuser ?

Ph. S. : Eh bien, je crois qu'il faut le relire dans notre vision apocalyptique d'aujourd'hui. Je sais que Dante, vraiment, c'est difficile, parce que, mis à part les érudits, ça ne paraît préoccuper personne, ou presque. J'ai pas mal travaillé là-dessus[1]. Rien de plus passionnant que les modes de déplacement dans *La Comédie*, l'expérience physique qui se déroule là en cadence. Freinages, détours, révélations, accélérations… La seule transformation du corps de Dante et de sa perception pendant son voyage dans l'au-delà (c'est-à-dire pendant qu'il écrit) est, en soi, un roman fabuleux… Et puis la rythmique ! Ces rouages, cet engrenage… En français, l'écrivain qui me paraît être allé le plus loin dans la science de la percussion, la technique spontanée du martèlement de la voix, c'est Artaud. J'écris à peu près simultanément des essais sur Dante et sur Artaud…[2] Et là, la rupture, pour moi, s'accomplit, et ne cesse de s'amplifier par la suite. D'ailleurs, ça a transformé non seulement ma vie quotidienne — mes amitiés, mes fréquentations —, mais ma façon même de me repérer dans le temps… Je te disais que cette expérience était tombée sur moi comme quelque chose de pas du tout littéraire, pas du tout intellectuel non plus, mais comme une expérience mystique, allons-y, employons ce mot quand même malgré les gênes et les contresens qu'il ne manque jamais de provoquer. Tant pis, c'est finalement moins

1. *Dante et la traversée de l'écriture* (dans *Logiques*, Seuil, 1968).
2. *La Pensée émet des signes* (*ibid.*).

grave que d'être pris pour un universitaire. Ce serait d'ailleurs une pudeur stupide de ne pas évoquer la très grande densité non réductible de cet événement. « Suis ton cours, laisse dire les gens », dit Dante. Il se trouve que ça prend des formes littéraires, des formes philosophiques, si l'on veut, mais que le moment subjectif est, en lui-même, quelque chose de très subi... Subit et subi, avec les deux orthographes... On le subit et c'est très subit, c'est une liquéfaction très soudaine. Voilà ! À partir de là, je passe au livre qui s'appelle *H*, qui est un brouillon, à mon avis, un « journal » très enfiévré, très nerveux. J'écris ça, vraiment, dans un état de débordement. Il y a des nuits entières passées là-dessus. Je me jette sur ma machine. La Bible me tombe dessus ; je suis obligé de la ramasser en passant. Et puis, je vais craquer, n'est-ce pas, c'est-à-dire que je ne pourrais pas tenir sans cet état extrêmement rapide, parce que tout se précipite...

D. H. : *Lois* et *H*...

Ph. S. : *H* tout de suite après, oui. J'enchaîne sans transition. Ça se passe entre 1971 et 1973. C'est pour moi un moment de très grande fébrilité, de très grande créativité. Je ne me préoccupe pas tellement de savoir si c'est réussi ou pas, s'il y a des déchets ou pas, si c'est plus ou moins de bon ou de mauvais goût. Enfin, je suis happé ; je suis obligé de suivre. Je ne choisis pas du tout. Je ne m'installe pas en disant : « Tiens, je vais écrire d'une façon systématique, rigoureuse. » Non, je suis entraîné. Ça se passe comme une sorte de flux et, comme je te disais tout à l'heure, de catastrophe, d'état vraiment subi où j'essaye seulement d'être là en état de veille, de ne pas dormir pendant ce temps-là, disons. Et puis, un beau jour, ça va se dégager. Alors, là, je sais que je vais entrer dans un long, long travail. Et c'est *Paradis* qui s'annonce, que je commence finalement fin 1973, c'est-à-dire, maintenant, depuis cinq ans, sans que je puisse te dire où ça va, quand j'aurai fini. Mais je sais très bien, jour après jour, ce que je fais. Seulement, c'est devenu, à ce moment-là, l'exigence de jouer carrément le jeu de l'événement initial. Alors, j'ai été pris dans toute une courbe qui va de 1970 à 1978. C'est une courbe de sept ans, avec les brisures principales. La plus grande proximité avec Joyce se situe entre 1971-72 et 1975, par là, n'est-ce pas. Voilà ! En revanche, depuis deux ans, je sens que mon petit vaisseau spatial, ma propre scène se développe de façon autonome. Finalement, j'ai simplement mis au point mon procédé fondamental, mon micro-processeur, mon ordinateur… C'est la raison pour laquelle, alors que Joyce me paraissait dans une proximité très grande à ce moment-là, maintenant, je le vois comme étant la première stèle, le premier…

D. H. : … monument !

Ph. S. : … le premier monument d'une nouvelle ère qui s'ouvrirait avec lui et non plus comme une question irritante, complexe, encore à déchiffrer, d'une modernité dans laquelle nous n'oserions pas encore entrer. Donc, je ne me préoccupe pas, maintenant, des effets tactiques ou stratégiques d'un discours sur Joyce. Je considère que, là, se passe vraiment un phénomène radical, un saut qui nous met en position de penser un futur absolument inouï. Je te disais que Joyce me paraissait être un de ces premiers chrétiens énigmatiques du Ier siècle et que, moi, maintenant, j'avais l'impression d'être au IIe ou IIIe siècle. C'est-à-dire que, quand on voit maintenant, nous, cette région de l'an 60 jusqu'à l'an 400, on a l'impression qu'ils sont tous les uns sur les autres, hein ? On les met ensemble. Et pourtant, il y a, quand même, un, deux, trois, quatre siècles de différence, cinq siècles parfois de différence. Je me sens, par rapport à Joyce, comme, si tu veux, deux saints auraient pu se sentir en concordance entre le Ier et le IIIe siècle, n'est-ce pas. Il y a eu, là, des tas de gens très bizarres qui ont eu des aventures avec l'Affaire ! Eh bien, j'ai l'impression qu'on est dans la spirale qui repasse par le même point décalé, qui recommence une autre boucle, et que c'est Joyce qui, vraiment, marque avec, alors, une extraordinaire lucidité, le tour, le tournant.

D. H. : Bon ! Passons à une autre époque. Tu as parlé de voix, de gestes... Tu n'as pas parlé de tonalités...

Ph. S. : C'est inclus.

D. H. : ... et tu n'as pas parlé de l'humour...

Ph. S. : Tu as raison, c'est une des dimensions essentielles de la question.

D. H. : Et tout ne vient pas de Joyce. Mais Joyce, quand même, te devance.

Ph. S. : Oh ! Indubitable ! Absolument ! Quand je te parlais d'un moment quasi mystique, ça pourrait laisser penser, en effet, qu'il s'agit de quelque chose d'austère ou de sinistre, alors que, évidemment, il s'agit de tout autre chose : c'est la joie. C'est la joie avant l'humour. Comme dit Rimbaud, elle est retrouvée. Quoi ? « L'éternité. C'est la mer mêlée au soleil... Je vivais d'étincelle pure », etc. Tu connais ce poème ?

D. H. : Je l'aime ! Je l'aime !

Ph. S. : C'est une sorte de joie extravagante, « égarée, bouffonne au possible ». Bouffonne, alors, ça veut dire que la seule façon de répondre à cette lumière très intense, chaotique et qui, en même temps, déclenche la joie, c'est de passer à l'humour, à une sorte d'attitude égarée, pour faire sentir, non pas l'égarement, mais, au contraire, qu'on est dans un point de certitude très grand... Et je dirais que, plus la certitude est grande, plus l'expression peut avoir l'air égarée. Au contraire, plus le doute est grand, plus l'angoisse est grande, et plus l'expression a tendance à avoir l'air certaine. Plus la raison non raisonnable est atteinte et plus l'expression peut se permettre d'avoir l'air folle. Il se trouve que l'humour est le moyen le plus immédiat, qui surgit d'ailleurs de lui-même. Est-ce que c'est une expérience de type peut-être même zen? Tout ce qui t'a paru sérieux, tout ce qui t'a paru convenable, tout ce qui t'a paru faire loi, saute. Le titre de *Lois* prend alors une sonorité tout à fait baroque, « drôles de lois ! ». C'est une sorte d'humour métaphysique en action qui arrive. La scène dramatique du sexe éclate, ou, plus exactement, subit une dévaluation considérable. Qui dit sexe dit mort, qui dit sexe dit cadavre, qui dit sexualité dit aussi nécrose, c'est-à-dire que ces choses-là se tiennent l'une l'autre, c'est-à-dire que qui dit sexualité dit, en effet, décomposition, entrer dans la génération et la corruption. Ce qui fait que nous prenons tout cela très au sérieux, nous sommes très dévots devant tout ça, nous croyons que c'est une chose fondamentale.

D. H. : Pour Céline…

Ph. S. : Oui, c'est pareil !

D. H. : … le sexe est ce qu'il y a de plus comique.

Ph. S. : Oui, oui.

D. H. : Pour Mallarmé, le sexe est la mort…

Ph. S. : C'est ça.

D. H. : … et pourriture.

Ph. S. : C'est ça, c'est ça, c'est les deux à la fois, horrible et comique, horriblement comique. Donc, il y a là le fait qu'on pourrait, au beau milieu du rituel funèbre et sexuel, rituel constant, incessant, tout à coup éclater de rire, non pas de n'importe quel rire, mais d'un rire... Il peut y avoir un rire peureux, un rire qui se dérobe, un rire débile, un rire de refoulement. Mais là c'est un rire de connaissance : Dire que c'est ça que l'humanité croit, prend au sérieux ! Quel cirque !

D. H. : Oui, certainement, c'est cela.

Ph. S. : Et, à ce moment-là, tu trouves dans *Lois* de continuelles ritournelles autour de ça, n'est-ce pas. Qu'est-ce que j'ai fait, J'ai pris Hésiode, la *Cosmogonie.* Puis, je l'ai récrite sur un mode ironique, c'est-à-dire que j'ai commencé à me moquer de la mythologie, ou plutôt, à la traiter, à la faire rentrer dans une scène comique. Alors, il est très évident que le comique prend une fonction éminente dont je dirais qu'elle n'est absolument pas différente du sérieux radical. Et peut-être même que le sérieux le plus radical ne peut s'exprimer que par le comique. Et l'humour, eh bien, il vient de ce que le langage se montre à lui-même, se dénonce lui-même. Tout ce que, d'habitude, on prend comme argent comptant, dans la parole, dans les mots, dans les concepts, montre, à chaque instant, dans cette région-là, son ambiguïté, sa grimace. On s'aperçoit que ça fuit de partout, que ça ne tient pas, que chaque mot en contient dix autres, que chaque langue est finalement une sorte d'ombre de toutes les autres, que chaque signification n'est qu'un moment et que, par conséquent, toute vie humaine n'est qu'une sorte de petite écume qui scintille à un moment à l'intérieur d'une grande vague mais qui peut en rire. Ce qui nous ramène à l'image dantesque du Paradis comme, tu sais, le « rire de l'Univers ». Autrement dit : il n'y a pas d'univers, nous ne croyons qu'il y en a un que faute de rire. Ce que Dante voit au paradis, ce qui l'étonne beaucoup, et qui est en général peu remarqué — parce que personne n'ose s'occuper du *Paradis* de Dante —, ce sont des flammes de rires en mouvement. *Le Paradis*, c'est réputé être ennuyeux, difficile, manquant d'inspiration ! Les gens ne s'intéressent qu'à l'enfer. Et je pense que, si je dis que Joyce marque une nouvelle ère, c'est que, en fait, il a trouvé lui aussi une forme paradisiaque.

D. H. : Mais tu as raison ! En revanche, quand je lis Beckett, je vois l'enfer.

Ph. S. : Ou des fragments de purgatoire.

D. H. : Oui, ou des fragments de purgatoire. Alors que, chez Joyce, il y a toujours l'espoir. Même quand il grimace, derrière ça, il y a toujours une espèce d'élévation, bien cachée. On dirait que c'est plus fort que lui, qu'il se sent sauvé.

Ph. S. : Il se sent sauvé, c'est vrai. Catholique, hein ? (Rires.)

D. H. : On n'y peut rien ! Il se sent sauvé.

Ph. S. : Justement, cette espèce de salvation pourrait être arrogante, imbécile, insupportable. Là où l'innovation est très grande, c'est que, en même temps, tout cela se présente sous une forme très modeste, très humble, les moindres choses, les tout petits détails de l'existence... C'est donc à l'opposé de l'attitude ecclésiale, à l'opposé du dogme, à l'opposé du sinistre appareil d'Inquisition qui pense avoir la certitude du Salut et qui peut décider de te mettre en Enfer. À l'opposé aussi de la bien-pensance crédule, fadeur, sucrerie, famille, gnan-gnan... Le paradis de la certitude est très humble et insolent n'est-ce pas ? Je le trouve, en peinture, chez Matisse aussi, parfois, sous une forme tellement humble, vibrante, tellement raffinée, insolite, tellement proche de la chose la plus concrète. Il semble que ça veuille dire que nous serions au paradis tout de suite si nous n'étions pas les premiers agents de notre enfer.

D. H. : On parlait des clowns... Dans une danse mexicaine dont je te reparlerai, ils sont certainement une projection de l'enfer public de la communauté aussi bien que de l'enfer privé de l'individu, exactement comme la danse est une projection de la permanence paradisiaque.

Ph. S. : Supposons donc un narrateur qui serait dans la ronde des danseurs mais qui, de temps en temps, prendrait la position d'un clown, et qui serait aussi dans la foule en train de regarder ce qui se passe. Un narrateur qui prend toutes les places, quoi.

D. H. : C'est *Lois* ? C'est *H* ? Ou c'est *Paradis* ?

Ph. S. : J'y arrive définitivement avec *Paradis*, je crois. C'est-à-dire qu'il y a à la fois le rythme, la danse, le roulement des syllabes et l'interprétation des événements. Le roulement continu des mots correspond à une sorte d'immobilité maximale... Rien n'est plus immobile que la grande mobilité, qui représente, en effet, cette espèce de mouvement perpétuel qu'on aurait tendance à prendre très au sérieux. C'est le flux des générations, de la destruction, comme ce que tu as au Tibet sous forme du moulin à prières. L'intervention de la distance clownesque, humoristique, ça ne veut pas dire que ça n'existe pas, que ce ne soit pas, même, extrêmement sérieux, mais, voilà, on peut aussi, en silence, en rire. Et il y a, enfin, le personnage qui pourrait regarder cela de l'extérieur. Et comme dit très bien Joyce, tu sais qu'on peut aussi le voir comme Dieu qui, pendant ce temps... se cure les ongles... Eh bien, voilà... Les trois fonctions à la fois. L'acteur, l'ironisation de l'acteur, le spectateur. Je crois qu'on a là tous les niveaux.

D. H. : Mais est-ce que, dans *Paradis*, on a à la fois tous les niveaux tout le temps, ou est-ce qu'on change de niveau ?

Ph. S. : On change sans cesse de niveau, mais, dans chaque niveau, sont évoqués constamment les deux autres. On change de niveau, mais ça se fait à l'intérieur d'une telle répétition, que tu finis par avoir l'impression physique de tous les niveaux à la fois. L'idée, c'est de faire sentir le sujet comme ayant sa circonférence partout et son centre nulle part. Ou plutôt comme battant là, sans cesse, par éclipses…

D. H. : … Tu finis par « voir » ça…

Ph. S. : En fait, ce que je veux dire, c'est une tentative de faire irruption dans le point. Nous pensons que les lignes sont composées de points, que les volumes sont composés de lignes, et que ça s'engendre dans cet ordre. Moi, je pense que c'est le contraire. Les lignes sont composées de volumes, et le point est composé de lignes. *Paradis*, c'est un langage du point. Une ponction. Tout cet amas de signes, de mots, de syllabes, de lignes, n'est là que pour faire « sentir » le point, le point métaphysique. C'est pour cela, d'ailleurs, qu'il n'y a pas de ponctuation. Il ne s'agit que du point. Je veux faire entendre son insistance pour ainsi dire « hors temps », ses écarts, ses sauts, ses mouvements, sa révélation en mouvement…

D. H. : Revenons au discours sexuel de l'époque…

Ph. S. : Je crois que nous vivons en ce moment une grande tentative religieuse, non avouée comme telle, par rapport à laquelle la distance hérétique me paraît à réinventer de fond en comble. Ce que je ressens, dans cette tentative de religion non avouée, c'est la réintroduction d'un culte archaïque fondamental, culte de la grande mère archaïque. J'en ressens l'impression de façon très nette. Et, par rapport à ça, non seulement j'use de la parodie, mais je vais déterrer le grand texte qui rompt avec cela, qui appelle à couper avec cela : la Bible. Je crois que nous sommes aujourd'hui dans une situation comparable à celle où s'est entamée l'aventure biblique, tout autre, mais aussi tout à fait la même, c'est-à-dire que nous sommes dans une égyptification d'une société planétaire retrouvant presque spontanément une sorte de culte viscéral enfoui, celui de la grande mère primordiale, proscrivant le plus possible la question de l'instance symbolique paternelle. De même que, dans une situation dramatique très précise, la Bible s'est écrite pour rompre avec cette tentative d'enfermer l'espèce dans une complétude pleinement gérée, pleinement dominée, pleinement cyclique, cyclée, recyclée, pour introduire une fuite, de même, comme dit Joyce magnifiquement dans *Ulysse*, nous devons trouver une « langue de la loi écrite dans la langue des hors-la-loi ». Est-ce que tu as entendu la façon dont Joyce lui-même a enregistré ce passage ?

D. H. : Je n'ai jamais entendu ça.

(Cassette.)

Ph. S. : Alors, tu entends ? Joyce a choisi ce passage, très significativement à mon avis. De quoi s'agit-il ? De l'Égypte. Un personnage veut convaincre les Juifs de renoncer à leur culte mineur, absurde, à l'écart, qui ne va rien leur rapporter, qui les met dans une position de faiblesse, qui les laisse minoritaires, alors que, eux, les Égyptiens, leur civilisation est florissante ; ils sont dans un état de force et de respect universel. Joyce, en lisant ce passage avec une très grande passion, explique que si le jeune Moïse avait écouté ce chant des sirènes, des sirènes égyptiennes, eh bien, il n'aurait jamais fait ce qu'il a fait, c'est-à-dire qu'il ne serait jamais monté jusqu'au sommet du Sinaï et n'aurait jamais parlé avec l'Éternel ; il ne serait pas redescendu avec la face rayonnante — tu vois comme il suit la Bible de près ! — et il n'aurait pas rapporté les tables de la Loi gravées dans la langue des hors-la-loi. Il est bien évident que quand on entend l'émotion, l'emphase toute particulière que Joyce met à lire ce passage, cette espèce de grandiloquence très significative, de vibration — il n'y a aucun doute qu'il charge sa voix d'une intention biographique explicite et qu'il est bel et bien en train de dire qu'il a choisi de se mettre dans un état de minorité, de hors-la-loi ; de déclinaison, d'exclusion, d'exilé. Il est exilé géographiquement quand il fait cela, bien sûr. Et il est en train de dire que l'écriture qu'il est en train de lire, la sienne, *Ulysse*, et, plus tard, *Finnegans Wake*, représente bel et bien une décision comparable à la décision du « jeune Moïse ».

D. H. : Il faut dire que Joyce se comparait aussi au Christ.

Ph. S. : C'est ça.

D. H. : C'est certain.

Ph. S. : Voilà. Mais je voulais insister sur le fait qu'il a noté explicitement l'expérience du côté Mosaïque. Et moi, je dis la même chose d'une autre façon, à savoir que nous sommes maintenant dans un ensemble de mêmes enjeux. Et j'ajoute à cela que, dans cette affaire, ce qui compte, c'est le conflit tout à fait radical entre le culte maternel, qui est toujours de caractère fétichiste, et, de l'autre côté, une interpellation en quelque sorte vocale, une interpellation à l'oreille, car la Bible, c'est ça ! C'est Dieu parlant depuis le feu du Buisson ardent... C'est ce formidable conflit dans la culture que la littérature moderne redécouvre (pense à Kafka, à Faulkner) — en tout cas, dans le passage qu'on vient d'écouter, c'est tout à fait net. Je disais cela, pourquoi ? À cause de la nouvelle proscription d'un nouvel ordre qui va être prononcée contre la fonction symbolique paternelle, contre le nom du père. Cette affaire n'a pas cessé, à mon avis, de se redoubler au XXe siècle d'une façon tout à fait impressionnante... Ce n'est pas du tout un hasard si le XXe siècle est le siècle de la tentative d'extermination du peuple juif... Si tu veux, moi, j'écris aujourd'hui dans une dimension que Joyce ne pouvait pas connaître, qui est celle de la vision d'un génocide, c'est-à-dire quelque chose qui a eu lieu dans le réel.

D. H. : Oui, d'accord.

Ph. S. : ... et je pense que se prépare un très profond affrontement entre cette Égypte nouvelle, sûre de sa puissance, sûre qu'elle est éternelle, alors qu'on voit déjà sa fragilité, et une existence secondaire, dérivée, minoritaire, qui, à mon avis, tiendra le coup, comme depuis toujours ! Mais il faut s'attendre à un conflit très explosif et mortel de ce point de vue. Et je dis cela parce que ça se passera d'abord à travers la manipulation sexuelle.

D. H. : Comment cela ?

Ph. S. : À travers une utilisation de la sexualité à des fins religieuses non dites. Cela veut dire qu'on propose soi-disant aux individus de les libérer, mais qu'on les empêtre — c'est le cas de le dire — dans un semblant, dans l'illusion.

D. H. : Oui.

Ph. S. : Je dis cela aussi parce que la fonction de la littérature me paraît être, en se jouant de cette illusion, de s'en détacher. D'où le côté d'humour, de parodie et, en même temps d'axe transcendantal éthique que tu sens vibrer d'une façon particulièrement étonnante dans la voix de Joyce...

D. H. : Tu sens qu'une joie existe, là, dans la voix de Joyce ?

Ph. S. : La joie, la certitude de tenir la source du langage.

D. H. : C'est une drôle d'histoire ! Quand tu penses que, dans ce chapitre, Joyce cite un discours avec lequel il n'était évidemment pas en sympathie. Ce n'était pas sympathique pour lui, parce que c'est quoi ? C'est la défense de la langue irlandaise. Ce n'est pas du tout son jeu, apparemment.

Ph. S. : Apparemment.

D. H. : Apparemment. Alors, il prend cela et il le met dans la bouche d'un type, d'un pauvre type, et il tourne…

Ph. S. : Et tu sens la fierté qu'il y a !

D. H. : … et il tourne ça… Il en fait quoi ? Un discours…

Ph. S. : Sublime !

D. H. : … sublime, oui.

Ph. S. : C'est du grand art théâtral.

D. H. : Oui, oui, peut-être.

Ph. S. : C'est-à-dire : « Je vais vous dire, à travers quelque chose qui a l'air un peu ridicule, dit par quelqu'un de très modeste, voire même un peu débile, je vais vous dire la Vérité. » Mais ça, c'est Dostoïevski aussi.

D. H. : Oui, mais ce n'est pas dans le cadre du roman, c'est dans le cadre de sa vie.

Ph. S. : C'est dans le cadre de ce que le roman laisse apparaître d'une façon qui doit éternellement inquiéter le lecteur vivant.

D. H. : Bon, bon, d'accord.

Ph. S. : Tu vois ?

D. H. : Oui.

Ph. S. : C'est un sermon. Je dirai que ce passage me paraît être, choisi par Joyce et lu par lui, la définition même de son éthique d'écrivain…

D. H. : Oui.

Ph. S. : … écrire, c'est sortir d'Égypte. C'est-à-dire inventer, par révélation vocale, une écriture, une gravure, qui fait loi dans la langue des hors-la-loi. Dans la langue des hors-la-loi, cela veut dire aussi qu'elle paraît être, dans le cas qui nous occupe, la drôlerie, le rire…

D. H. : La langue de l'exception.

Ph. S. : Voilà. *Théorie des exceptions,* c'est un titre que je veux donner à un livre, un jour.

IV

D. H. : Qui parle dans *Paradis*?

Ph. S. : Des multiplicités comme on n'en a jamais vu, dans une unité comme on n'en a jamais entendu. Je vais te dire que je ne peux pas te répondre sans essayer de penser, d'une façon qui paraît folle, mais qui est le commencement même de la raison nouvelle, que l'espèce est plus différenciée en elle-même qu'elle ne le pense pour sa survie. Autrement dit il y a déjà ce fait que les hommes et les femmes ne sont pas de la même espèce. Ça commence à se manifester avec un certain relief. On commence à le savoir. On commence à le savoir parce qu'ils se marchent sur les pieds de façon plus aiguë. Et puis, on a presque le sentiment que c'est palpable, le fait que ces corps qui se mélangent et se sont mélangés, comme ça, depuis des millénaires, finalement, ils ne savent plus très bien ce qu'ils font, ils ne savent plus ce qu'ils savent. Ils continuent à machiner ça parce que ça leur est intimé, si je puis dire, par la fameuse propagande, comme je le disais tout à l'heure. Mais enfin, bon ! Eh bien, l'enfant n'est pas non plus de la même espèce que l'adulte. Ce n'est pas une différence dans l'évolution, c'est une différence de nature. Si on met en question le schéma humaniste — comme je le fais en ce moment — pour trouver ce qui se dit derrière et qui, à mon avis, est le problème de toute la littérature moderne, eh bien, l'adulte n'est pas de la même espèce que l'enfant, et les hommes et les femmes ne sont pas non plus de la même espèce. Ça fait déjà trois espèces repérables. À partir de là, tout va très vite parce que, sur ce terrain-là, tu perds aussi la notion de communauté sexuelle. Il n'y a pas deux sexualités pareilles comme il n'y a pas deux empreintes digitales pareilles. Les empreintes digitales, c'est admis. Mais, sur le terrain de la sexualité, il faut sans cesse, semble-t-il, refaire des communautés, éventuellement des communautés marginales, c'est-à-dire qu'il y aurait des homosexuels mâles, des homosexuelles femelles, et puis des hétérosexuels comme de braves cons entre les deux (rires) ne sachant pas de quel côté aller et représentant en quelque sorte, tu vois, une troisième force désormais de plus en plus inutile. Bon ! Tout cela est l'absurdité même. Et je pense que ça ne peut pas apparaître dans un langage social acceptable, mais dans une dimension de farce sérieuse, de théâtre Mais attention ! Cette connaissance est très réelle. C'est elle qui, sous cette forme folle apparente, porte la raison.

Cela répond à ta question du « qui parle ? », parce que en réalité il s'agit de l'impossibilité désormais explorée de ramener le « qui » à une unité stable. Donc, ce « qui parle ? », c'est cette transformation du rapport entre l'un et le multiple. Il s'en passe de drôles, lorsqu'on passe de l'un au multiple ! Et il s'en passe de drôles dans ce que l'on pense de l'exception aussi, parce que, à la limite, il n'y a plus que des exceptions, comme tu vois. Qui parle ? Eh bien, ce sont des exceptions en train de se dire en passant.

D. H. : Je suis d'accord sur cette question des exceptions, surtout dans *H* et *Paradis*. Après tout, tout ce qu'on entend, ce sont des voix spéciales.

Ph. S. : Et le temps aussi en prend un coup. Ce qui parle, ce sont des épiphanies, des révélations instantanées, obliques…

D. H. : C'est le moment de vision, quoi !

Ph. S. : Une sorte d'œil diagonal…

D. H. : Où on voit clair, où on entend.

Ph. S. : On entend, oui, bien sûr. Mais *on* ? Qui ça, *on* ? Le sujet X à tel ou tel moment, très différent de lui-même, en somme… Tu mets en question le centre d'identité, le corps imaginaire de ce centre imaginaire, tu passes à un parcours en ellipse avec deux foyers, tu as distingué le fait que les deux sexes étaient vraiment infusionnables…

D. H. : Sauf qu'on trouve, quand même, des aspects féminins chez l'homme et des aspects masculins chez la femme ?

Ph. S. : Bof ! Ça, c'est le théâtre du semblant, le travesti en surface... Le grand panneau androgynal auquel la force de l'apparence contraint l'agitation des phénomènes (religion, religion, très américaine, d'ailleurs...). La vérité est beaucoup plus noire, plus terrible, plus farce ; le malentendu est beaucoup plus fondamental... Cette affaire ne revient pas, comme presque tous les savoirs le laissent entendre, à l'androgyne primordial, à ce que j'appellerai le Mêmisme qui vient toujours du mammisme ambiant. Non... Ça ne *s'arrange* pas, sauf par le prodigieux mensonge partagé qui constitue l'hypocrisie sociale elle-même... Le « féminin » de l'homme n'a rien à voir avec celui des femmes, même s'ils le croient, les pauvres. Et le « masculin » des femmes n'a rien à voir non plus avec ce qui se passe côté homme. Tout cela, ce sont des mirages narcissiques, d'où, justement, l'aspect finalement comique et très fou de ces histoires... Le romancier se débrouille avec ça, Proust, par exemple. *Sodome et Gomorrhe...* Mais on peut aller plus loin... Plus crûment, comme Faulkner ou Burroughs... En tout cas, le *roman* est là, la vérité vraie, romanesque... C'est pourquoi la littérature rejoint si souvent la Bible, le cas peut-être le plus frappant étant celui du dernier livre de Melville, *Billy Budd...* Il y a un « crime » soigneusement dissimulé par la loi en personne dans les parages, un « mystère d'iniquité », selon le mot de Paul repris par Melville dans son roman, l'un des plus bouleversants de tous les temps… On ne peut pas lire *Billy Budd* sans entrer dans la mise en scène de l'Écriture qu'il suppose… « Au même instant le hasard voulut que la toison vaporeuse suspendue bas à l'orient s'imprégnât d'une douce et glorieuse lumière, comme dans une vision mystique la toison de l'Agneau de Dieu, tandis que simultanément, suivi par la masse compacte des visages tournés vers le haut, Billy s'élevait ; et, s'élevant, recevait en plein le rose de l'aube[1]. » Comme me touche le fait que Melville ait d'abord écrit, au lieu du mot « rose », le mot hébreu *shekina*…

D. H. : … Je voudrais te parler d'une danse folklorique que j'ai vue au Mexique dans un festival religieux et qui comporte la présence de clowns. L'attitude que génère la danse vers l'auditoire, est une attitude de révérence. L'attitude que génèrent les clowns est peut-être plus compliquée, mais c'est une attitude d'irrévérence, en gros. Quand le clown s'approche de l'auditoire, celui-ci se sent inquiet. C'est visible. On peut le voir. Ce sont des gens de la ville, ce sont des ouvriers plutôt, et pas des touristes. Mais ils s'inquiètent. Quand le clown s'approche de la danse, il imite la danse, il se moque des danseurs. En se moquant des danseurs, il se moque, en effet, du « continu »,

1. *Billy Budd, marin,* suivi de *Daniel Orme,* de Herman Melville, traduction, préface et notes de Pierre Leyris, Gallimard, 1980. J'insiste : ce livre est une date inouïe.

c'est-à-dire qu'il fait basculer l'idée d'une continuité possible. Enfin, les clowns se moquent aussi les uns des autres. Il est plus facile de rire quand les clowns se moquent entre eux. Mais, même à ce moment-là, ils font des choses qui ne sont pas acceptables. Par exemple, il y a un clown qui porte autour de son cou un pistolet cassé et il fait le prêtre avec, n'est-ce pas. Bon ! Il y a une femme et un homme. Tous les deux sont masqués ; tous les deux portent des fouets. L'homme attaque la femme. Ils font des choses qui sont à la fois drôles et un peu...

Ph. S. : Inquiétantes !

D. H. : ... inquiétantes. Tout ça présente des risques, des vrais *et* des esthétiques. D'un côté si, par exemple, ils entrent dans l'auditoire, ça gâte tout. Si ça commence à être sérieux, ça gâte tout. Il faut qu'on continue à faire des bêtises, mais en gardant la mesure. Il y a trois attitudes : l'attitude qu'on génère vers l'auditoire, l'attitude qu'on génère vers la danse, et l'attitude que génèrent les clowns vers eux-mêmes.

Ph. S. : Les danseurs, eux, ne s'aperçoivent de rien ?

D. H. : De rien. Je reviens à cette question des clowns et du pourquoi l'auditoire en a peur. Finalement, le clown représente le fléau de la société. Et ça se voit très nettement dans le « *mummer's play* » anglais. Le « *mummer's play* » met en scène le mal, la maladie, la difformité...

Ph. S. : Et la folie !

D. H. : ... et la folie. Alors, même si l'auditoire ne sait pas de quoi il s'agit exactement, il sent que c'est une partie de sa vie. C'est-à-dire que l'humour, la farce est horrible, terrible plutôt, aussi bien qu'amusante. C'est un rire très spécial : le vrai rire.

Ph. S. : Mallarmé parle d'un « tourbillon d'hilarité et d'horreur ».

D. H. : Et d'horreur. Oui, justement ! Ce qui m'intéresse dans tout ça, c'est que ces attitudes superposées qu'on voit là sont essentielles aussi à la littérature, bien qu'on ne parle pas beaucoup de l'attitude de la farce, des attitudes farciques. Dans l'œuvre d'art, à mon avis, il y a une espèce de drame, où les attitudes changent toujours. Et on jouit de ce changement d'attitude qui se trouve, qui se situe, n'est-ce pas, dans le cerveau de l'auditoire, du lecteur. J'écris un bouquin, tu le sais, qui s'appelle *Les Corps transparents,* ce qui veut dire que, dans l'œuvre moderne, dans la littérature moderne, on commence à tourner les choses. Avant, on essayait de faire des corps opaques. Le travail était invisible. Ce qu'on cherchait à faire, c'était montrer, faire voir le produit terminé. Bon ! Maintenant, ce qu'on fait, ce qu'on essaie de faire, c'est de renverser l'image. On recommence, maintenant, l'opération pour que le lecteur, comme dit Barthes, produise le produit. Alors, quand on parle des œuvres modernes, des œuvres d'aujourd'hui, il faut voir qu'il s'agit de montrer ce qu'on cachait avant. C'est la machine dévoilée, la machine littéraire... Alors, je te demande maintenant comment opèrent les attitudes, le jeu d'attitudes dans *H* et dans *Paradis*? Et comment différencier les deux œuvres ?

Ph. S. : Tout ce que tu viens de raconter m'intéresse énormément. Je dirais qu'un des problèmes de la littérature du XXe siècle, sous sa forme dramatique, très élaborée, comme chez Joyce ou chez Artaud, dont je vais parler maintenant, consiste, pour une grande part, à retrouver ces grandes formes oubliées, médiévales, prémédiévales, archaïques, préhistoriques en quelque sorte, où se joue comme une sorte de scène fondamentale du symbolisme en train de se faire humain ou de se défaire de l'humain. Ça va beaucoup plus loin que l'idée simple, superficielle, qui consiste à dire que la littérature classique du XIXe aurait mis l'accent sur le produit fini et que, désormais, la littérature moderne mettrait l'accent sur la production ou la productivité du texte, et montrerait comment ça se fait. Certes, c'est vrai, mais il y a un enjeu beaucoup plus profond qui consiste à sonder systématiquement, dans cette mutation de cultures que nous vivons, toutes les formes, y compris les plus anciennes, les plus folkloriques ouvrant sur une scène tout à fait primordiale... Quand je dis préhistorique, je veux dire Lascaux aussi bien. Et d'ailleurs, le XXe siècle, c'est le siècle où des artistes (pense à Picasso) ou des écrivains ont mené, parfois dramatiquement, à leurs risques et périls, une enquête sur ce qu'on pourrait appeler l'évaluation du masque, l'évaluation du théâtre fondamental — ce qu'Artaud appelait précisément — c'est la scène que tu me décris, venant du Mexique — le théâtre de la cruauté, c'est-à-dire la représentation, pas seulement sociale, mais cosmogonique…

D. H. : Ah oui, c'est cosmogonique, bien sûr.

Ph. S. : … de la circulation de l'espèce à l'intérieur d'une circulation universelle, ou, du moins, ce qui peut se deviner du passage de l'une à l'autre. Ça peut prendre une forme extrêmement sévère, métaphysique, mais ça peut prendre aussi la forme folklorique la plus simple que tu as évoquée dans les « *mummer's plays* ». Selon qu'on aura tel ou tel tempérament, telle ou telle profondeur de vue, telle ou telle ambition, on mettra plus ou moins l'accent sur tel ou tel aspect. L'œuvre la plus achevée ou la plus ambitieuse étant, évidemment, de représenter tous les niveaux, du plus trivial, du plus folklorique local jusqu'à celui qui peut ouvrir un point de vue mystique. Je te donne un exemple immédiatement tiré d'Artaud, dans ses derniers textes, puisque tu as parlé de corps transparent. Artaud a passé son temps à écrire une sorte de récusation du corps, un rejet du corps qui en appelle à un autre corps.

D. H. : Voyons ça.

Ph. S. : Je te prends ce texte : « Compénétration, pénétration, ma langue, mélange, ma langue, rapprochement. » Je le martèle comme s'il s'agissait d'une de ces danses d'Indiens dont tu viens de me parler. « Pas d'espace, pas d'infini, pas de lointain, pas de registre, pas d'ensemble, pas de général, pas de total, pas d'harmonie : tout *à vau-l'eau*, mais pas moi. Pas de contact, pas de frôlement, pas de rapprochement, pas de pénétration, pas de compénétration, pas de copulation... pulation. Mettre en contact des molécules-principes et les forcer à se briser l'une sur l'autre, le con, juré au moyen d'une série de propulsions répétées qui obéissent aux mesures d'une danse, dont l'acte sexuel n'est que la caricature bestiale et avortée. » Je répète : *Au moyen d'une série de propulsions répétées qui obéissent aux mesures d'une danse, dont l'acte sexuel n'est que la caricature bestiale et avortée.* « Or, je suis le père-mère, ni père ni mère, ni homme ni femme. J'ai toujours été là, toujours été corps, toujours été homme. Les choses ne sont pas vues du haut de l'esprit, par-dessus le corps, mais faites par le corps et à son niveau beaucoup plus infini que celui de tout esprit. Sans loi autre que celle d'une équité extrêmement ténébreuse, scrupuleuse et obstinée. Ne pas oublier la gueule de Lucifer sous son maquillage de Père éternel ricanant à travers les barreaux. » Je t'ai pris ce passage, pas tout à fait au hasard, mais presque, parce qu'il y en a comme ça des centaines. Je crois que ça se passe de commentaires — encore que ça pourrait donner lieu à un commentaire bien précis. Il va sans dire que ce langage-là se situe à la pointe de ce qui est pensable et dicible dans ce que l'on peut appeler l'expérience moderne la plus profonde.

D. H. : Je parlais de formes... Mais tu as raison.

Ph. S. : Tu as ici, dans l'énonciation même, la voix écrite, à la fois le théâtre, la mise en scène, la percussion, les mots... Tu as remarqué la puissance de la répétition ? Ce qui indique combien la répétition est une *négation.* Tu as parlé de danse, et je t'ai dit tout de suite : « Oui. » Finalement, la littérature est beaucoup mieux pensable — comme Mallarmé l'a dit, mais comme Joyce s'en doutait à travers Shakespeare, et comme Artaud ou Céline n'ont pas arrêté de le proclamer avec la plus extrême vigueur — en termes de théâtre —, mais étendons ce terme, n'est-ce pas — pas le théâtre tel qu'on l'a enfermé dans des petites boîtes où l'on va, comme ça, voir un spectacle... « *All the world a stage* », encore une fois... Beaucoup plus pensable en termes de théâtre, donc, en termes de mouvement, qu'en termes de « surface linguistique ». La littérature moderne cherche peut-être à retrouver quelque chose de très ancien, une efficacité magique, religieuse... En tout cas, nous avons besoin, pour la comprendre, d'une grande longueur d'onde historique. Nous ne sommes pas les premiers à le dire. Tout le monde s'est mis à enquêter sur cette mutation symbolique. Après tout, les peintres ont fait ça aussi, ils se sont demandé ce que c'était que l'art nègre, et ceci, et cela...

Enfin, tout le monde est sur le coup, si je peux dire, plus ou moins intensément. Ce qui me frappe, c'est la chose suivante : le rythme continu de la danse, le tourbillon — métaphore extrêmement répandue. Et puis, le rythme cassé des clowns qui tantôt se tournent vers ce rythme continu et tantôt vers l'auditoire, l'auditoire qui est d'un côté, les danseurs de l'autre et, entre les deux, ce monde intermédiaire que je vois, moi, très précisément, comme la représentation du drame de l'individuation…

D. H. : Oui…

Ph. S. : … par rapport à ce continu de l'espèce. L'individuation ne va pas de soi. C'est comme si l'espèce était une sorte de plasma… de flux répétitif… L'individu qui essaie de se penser par rapport à cela, eh bien, il se trouve presque forcément obligé d'y toucher mais, en même temps, il ne peut pas… Il ne peut pas, automatiquement, s'en détacher ni même y rentrer, parce que y rentrer, ce serait la mort ou la désindividuation, ou bien cette espèce de masse amorphe qui est l'auditoire et qui contemple, dans la danse, sa propre inexistence en tant que groupe. L'individuation est ce quelque chose de très dramatique, de très transitoire, qui se passe entre les danseurs et la foule.

D. H. : Avec la concurrence des clowns.

Ph. S. : Oui, avec la concurrence des clowns. Alors, c'est pour cela que l'art, c'est de présenter à la fois ce mouvement qui n'a rien à se demander, qui n'a aucune question à se poser, qui n'a rien de particulièrement expressif à dire, sauf l'expression elle-même, qui ne s'aperçoit de rien, qui ne s'intéresse pas au dehors, à l'extérieur. Le dehors n'est pas un extérieur, mais une sorte de reste, de reste parfaitement négligeable au regard de ce qui était là depuis toujours et qui sera là toujours. Le clown, c'est-à-dire le processus d'individuation, nous allons voir tout à l'heure que ça a la fonction ambiguë du démon qui porte le mal, qui porte aussi la guérison, le salut. Tu as vu comme le texte d'Artaud finit sur ce Lucifer, sous son maquillage de Père éternel, en train de ricaner à travers les barreaux, parce que toute cette affaire, eh bien, justement, ça se joue entre deux principes, dont l'un lutte contre l'autre, mais dont on peut aussi bien dire qu'il en est, en quelque sorte, l'assistant par rapport à l'assistance. C'est pour cela que ce rythme cassé est une mise en scène initiatique où tu sollicites le profane... Il s'agit de lui faire sentir qu'il pourrait être happé, qu'il pourrait être sorti, en tant qu'individu, de l'ensemble pour passer ailleurs. Alors, il recule, effrayé, parce qu'il a chaud dans son groupe, il a peur de s'individuer, mais, en même temps, il se dit que là est le problème. Alors, dans ton « *mummer's play* », par exemple, c'est très frappant de voir combien c'est la lutte du Bien et du Mal...

D. H. : C'est assez clair !

Ph. S. : C'est assez clair, mais quand tu as dit :

« Ce sont les fléaux sociaux : folie, maladie, pauvreté, difformité », en effet, c'est tout ce qui évoque l'erreur qui consiste à se reproduire, puisqu'on ne se reproduit que dans le manque, que dans… le lapsus, j'allais dire que, affecté par quelque chose qu'on peut bien appeler — après tout, moi, ça ne me gêne pas du tout, à condition de mettre l'accent sur : « Qu'est-ce que ça veut dire ? » — affecté par le péché originel. *Felix culpa* ! Pourquoi pas, finalement ? Bien entendu ! Finalement et au commencement ! Alors, c'est très frappant, parce que cette mise en scène, c'est quelque chose que j'appellerai une possession. Tu m'as dit qu'elle se dénouait par la demande d'argent, n'est-ce pas — ce qui m'évoque un contrat de type inverse, c'est-à-dire que le contrat découvert par Freud, c'est que le « possédé » — appelons-le comme ça parce qu'il a besoin d'aller dire des choses à quelqu'un, il ne sait pas ce qu'il dit —, un possédé est, quand même, tenu par un contrat d'argent — ce qui est très profond, ce qui va très loin. En fait, il paye pour apprendre la vérité sur le discours qui le tient, il ne sait pas lequel.

D. H. : Il paye aussi pour ne pas avoir à voir, pour ne pas comprendre.

Ph. S. : Et aussi pour ne pas comprendre. C'est cela dans la mesure où ce qui va lui apparaître comme vérité inconsciente, n'est-ce pas, est quelque chose qui doit être payé.

D. H. : En espèces.

Ph. S. : En espèces ! Eh bien, la formule est excellente : « qui doit être payé en espèces ! ». Voilà ! Avec les deux sens. Tu as parlé de cette façon qu'avaient les clowns de moquer le continu, c'est-à-dire de le souligner aussi, de le faire apparaître et de le moquer…

D. H. : Après tout, ce sont les clowns qui font l'espace de la danse.

Ph. S. : Tu as employé l'expression d'« inquiétante drôlerie », de comique inquiétant. C'est le signifiant littéraire. Le signifiant littéraire, à tout instant, peut être sérieux ou non sérieux. Avoir du sens, ou non. Il n'a pas à se décidabiliser. Il est ce corps intermédiaire…

D. H. : Si c'est décidable, ce n'est rien.

Ph. S. : Ce n'est pas rien : c'est la religion.

D. H. : Mais même la religion n'est pas décidable.

Ph. S. : Si. On revient toujours à cette histoire de profane et de sacré, d'espace profane, d'espace sacré et de « pont » entre les deux. Moi, je suis pour dire que la littérature est ce pont suspendu, balancé, cette espèce de balancement entre les deux et sur l'abîme, n'est-ce pas. C'est la danse sur la corde raide, qui évoque le fait qu'il y a au moins deux mondes… Ce qui nous amène fatalement dans la région dite « folie ». La discussion sur Artaud, par exemple, c'est la discussion sur sa folie ou non, et nous restons dans la rumination psychologique des acteurs et de l'assistance qui se trouvaient là, face à ce problème. Tout le monde a été obligé de se déterminer dans une sorte de drame socio-symbolique très fort par rapport à l'existence d'Artaud. Il y a ceux qui l'ont aidé — qui sont peu nombreux —, ceux qui l'ont aidé à un moment et puis pas à un autre, ceux qui ont considéré, pendant quelque temps, que ça allait et qui, tout d'un coup, ont pensé que ça n'allait plus — même problème pour Joyce : *Ulysse* et *Finnegans Wake* —, ceux qui l'ont fait interner — je parle d'Artaud toujours —, ceux qui se sont occupés de sa santé à coups d'électrochocs, ceux qui... etc. On n'en finirait plus. Ça fait, en soi, un drame — tu vois qu'on en revient à ce problème de la biographie moderne extrêmement complexe — où ce qui fait problème, c'est qu'*un* individu, à un moment donné, ait la prétention extrême d'être le lieu où se dit ce drame fondamental. Ça paraît fou. Ça ne paraît pas fou si on fait des études raisonnées sur le terrain, en étudiant les mœurs de telle ou telle peuplade, de telle ou telle civilisation enfouie, de telle ou telle culture éloignée de la nôtre, dans le temps ou dans l'espace, parce que, à ce moment-là, le critère d'étrangeté est respecté, et ça ne nous affecte que comme une inquiétante étrangeté de type relativement restreint par rapport à laquelle on a toujours la possibilité de dire : eh bien oui, quoi, c'était autrefois, quand ils n'avaient pas notre brillante technique ; ou alors : ce sont des sous-développés. Certes, tout cela est sérieux. C'est de l'art magique. C'est du chamanisme.

C'est la pensée sauvage, comme a dit Lévi-Strauss, en avançant que la pensée ne faisait pas à proprement parler de « progrès », qu'il y avait là des déterminations structurales fondamentales. Bien sûr ! Mais cela, personne ne veut le savoir, ou on ne veut le savoir que sous la forme, quand même, de l'autre en tant que sauvage ou sous-développé. Si, en pleine société moderne, entre Paris, Zurich, New York, Londres ou Tokyo, *un* sujet, en pleine civilisation, se met à faire ça, alors, tout à coup, c'est soit le scandale, soit la répression proprement dite, soit l'énigme, le mystère. Comment est-ce que cela a pu se passer ? Ça prend des formes très diverses. Si c'est Picasso, ça crie un moment, et puis, il est de l'ordre de l'avenir de l'art plastique, dans le marché qui se reconstitue et qui brasse beaucoup d'argent, d'être plus vite reconnu. Il y a justement le mot fameux de Joyce : « C'est étonnant, ce Picasso ! Il fait un petit dessin sur un bout de papier et il peut payer comme ça, je ne sais pas, une année, deux ans dans un très bon restaurant ! Tandis que moi, je fais dix lignes avec les plus grandes difficultés et ça ne vaut rien... » Alors, là, on revient aussi au problème du « comment vivre » pour le sujet qui s'implique dans cette affaire. Le cas de Joyce et de ses mécènes est fabuleux, très important, pour l'histoire de la pensée contemporaine, n'est-ce pas. Tout cela est très significatif. De quoi s'agit-il ? Ta figure — danses, clowns, public — prise dans cette espèce de problème fondamental, en effet, s'applique très bien à la fonction de l'écriture moderne, à condition qu'on repère très précisément qu'elle parle de tout cela, à la fois du roulement continu de l'individuation transitoire et ambivalente...

D. H. : C'est l'ambivalence qui est importante.

Ph. S. : C'est un moment. Ce n'est pas le seul.

D. H. : L'ambivalence...

Ph. S. : L'ambivalence, l'équivoque, c'est le moment clé parce qu'il est intermédiaire.

D. H. : C'est ça.

Ph. S. : Mais la mise en scène de la littérature parle aussi du roulement continu. Elle parle de l'espace intermédiaire ambivalent et de sa propre lecture, à savoir de l'implication de l'assistance et du lecteur dans le jeu. Elle parle des trois choses à la fois. C'est pour ça, d'ailleurs, que le fait de retrouver aujourd'hui le jeu des quatre sens du Moyen Âge est d'une actualité brûlante. Les deux derniers siècles ont été des siècles d'aplatissement... On se traîne dans les phrases, un peu comme si on avait fait du langage quelque chose qui allait servir à développer les chemins de fer...

D. H. : Quelle évolution !

Ph. S. : Je dirai que la reine Victoria, en chemin de fer, en train de lire un roman du XIXe siècle, c'est l'image parfaite du point zéro où peut en arriver la littérature. Il y a là une période d'anesthésie, comme si on avait fait à l'espèce une petite opération sous anesthésie.

D. H. : Il y a peu de monde qui dira oui à ça.

Ph. S. : Tant pis... Je vis une aventure. C'est une aventure avec des lignes très précises qui enclenchent, à travers un processus de rêve, le retour de l'effet sur le réel du corps, pour transformer ce corps. Je revois très bien le moment où, avec *H*, j'ai commencé à pouvoir disposer d'une beaucoup plus grande légèreté dans la façon dont se développaient non pas seulement les associations, mais l'ensemble de la scène, le roulement continu, l'individuation ambivalente, l'inscription de la lecture dans la récitation, tout cela condensé dans une sorte de glissement où je pouvais, à chaque instant, faire intervenir des choses de la vie la plus courante, de la vie la plus quotidienne, la plus banale, prise dans une dimension qui rejoignait, à travers une mythologie personnelle, le niveau en expansion d'une mythologie générale, générée par le rythme même de ce que j'écrivais.

D. H. : Donc il y a deux mythologies.

Ph. S. : Oui, oui. Au moins ! (Rires.)

D. H. : Bien sûr.

Ph. S. : Et il y a aussi deux pathologies : *mythos, pathos.* L'une, qui est la pathologie du corps individué, et l'autre, beaucoup plus générale et universelle, qui fait qu'un symptôme organique, le plus trivial, peut signifier un coup de projecteur sur une « loi » générale. Mais on ne peut passer de l'une à l'autre que par la littérature.

D. H. : Mais ce qui me fascine dans ce que tu viens de dire, c'est que tu as trouvé le moyen de glisser n'importe quoi dans ta rhétorique.

Ph. S. : Mais pas n'importe comment.

D. H. : N'importe quoi, mais pas sans y penser.

Ph. S. : Il y a un moment très précis pour chaque n'importe quoi.

D. H. : C'est ça que je veux savoir.

Ph. S. : Le n'importe quoi s'impose au moment où il est mis en relation avec l'universel qu'il atteint épiphaniquement par son redoublement, c'est-à-dire qu'il acquiert, à ce moment-là, une signification mythique, qu'il n'a pas forcément. Ce qu'il faut faire fonctionner à l'intérieur de ça, mais qui fonctionne de plus en plus tout seul — mouvement perpétuel — c'est le sujet qui, comme Prospero dans *La Tempête* de Shakespeare, est là pour donner un coup de baguette au moment voulu. Mais le moment ne se décide pas dans un processus de magie. Je ne transforme pas une montagne en souris. Mais il y a un moment où la souris accouche d'une montagne, pour l'observateur tout à fait bref et précis que *je* suis. Ça ne veut pas du tout dire que les souris accouchent habituellement d'une montagne ! Tu vois ce que je veux dire ? Mais n'empêche que ça arrive. Ça arrive, sous une forme tout à fait précise, dans le jeu de mots parfois. C'est que là où on n'avait vu qu'un emploi habituel, tout à coup, s'ouvre une dimension énorme, qui va dans un sens ou dans l'autre, c'est-à-dire que quelque chose qui paraît très conceptuel se trivialise, va donner un éclairage, se donne un éclairage comique. Eh bien, inversement, le comique est porteur du plus grand sérieux, voire même d'un concept métaphysique tout à fait original.

D. H. : Je pense à Joyce encore. À ses carnets. Il fait souvent des recherches de mots, mais il fait aussi des recherches de lieux communs à la Flaubert. Et quand il écrit des lieux communs, ce qui ressort, c'est justement le ridicule, mais un ridicule rempli de signifiance.

Ph. S. : C'est ça. On peut en donner des exemples innombrables.

D. H. : Par contre, une très belle image peut générer aussi un lieu commun.

Ph. S. : Voilà une anecdote. Un jour, je passe devant le Panthéon, à Paris. Le Panthéon, ça évoque beaucoup de choses. C'est notamment la fin des *Chants de Maldoror* de Lautréamont. Tu sais, les « grandes têtes molles », et puis ce qui se passe au sommet : « Allez-y voir vous-même si vous ne voulez pas me croire. » La déclaration des droits de l'Indépendance de la fiction date de 1869. C'est une des dates les plus importantes de l'histoire de l'humanité. Elle n'est célébrée nulle part. Je veux bien qu'on fonde, si tu veux, une société qui célébrera solennellement cette déclaration d'indépendance ! « Allez-y voir vous-même si vous ne voulez pas me croire », ça pourrait être la devise résumée de cette déclaration solennelle, à laquelle tout le monde est intéressé, n'est-ce pas ? Évidemment, nous n'aurions aucun succès, nous resterions entre nous, parce que ce n'est pas la peine de proposer ça à l'espèce humaine qui n'a aucune envie d'aller y voir pour croire à ce qui se passe. Elle préfère croire, sans y aller, ce qui fait qu'elle y va tout droit. Dans la mort... Bon ! Je passe devant le Panthéon, je lève les yeux et je vois une fois de plus : « Aux grands hommes, la Patrie reconnaissante ». Eh bien, ce jour-là, pourquoi, brusquement, ce masculin, ce féminin, cette déclaration bizarre qui est là comme une lettre volée au-dessus de Paris, au-dessus d'une société, au-dessus du monde se transforme-t-elle pour moi en : « Aux petites femmes, la Matrie rancunière » ? Aux petites femmes, la Matrie rancunière ! La matrice n'aime pas les petites femmes ! (Rires.) Ce n'est pas vrai du tout que la patrie est reconnaissante aux grands hommes ! Enfin, c'est une folie ! Elle ne peut pas l'être...

D. H. : C'est une espèce de prix Nobel ! (Rire.)

Ph. S. : C'est un malheur pour le genre humain d'avoir un grand homme. Nous le savons... Enfin, toute l'Antiquité, toute la sagesse antique nous l'a dit. Un grand homme est une calamité pour la Cité ! C'est bien évident. C'est une calamité pour une cité, d'autant plus qu'elle est démocratique. Et c'est tout à fait normal de considérer le grand homme comme une calamité, *sauf* si c'est un fidèle serviteur de la commune mesure, autrement dit s'il est rentabilisé par la matrie à travers la patrie ; bref, s'il arrive à représenter un étalon de mesure matricielle, considéré comme prêchable, n'est-ce pas. Si tu veux, à New York, le World Trade Center est le petit délire d'exposition, l'hymne à la monnaie qui coiffe le dernier étage, auquel on a accès très brusquement par l'ascenseur à propulsion dynamique instantanée. Tu arrives là-haut et tu as là l'exposition d'une sorte d'hymne très joliment fabriqué à la gloire du commerce, avec toute l'histoire des monnaies et des grands hommes. Alors, les grands hommes ici, aux États-Unis, ce n'est pas comme chez nous, vieille Europe : Victor Hugo, Rousseau, les têtes molles, dit déjà Lautréamont qui est déjà quelqu'un de beaucoup plus sérieux, qui rentre dans la modernité. Des têtes molles, tout ça, naturellement !... On voit très bien au contraire ce qu'est la fondation de la société américaine : des inventeurs techniques, des gens qui ont fait des petites machines ; et puis, Keynes et les autres. Enfin, des gens sérieux qui ne sont pas une calamité pour la cité, qui sont, au contraire, de solides boulons, des rouages avec lesquels ladite cité se développe dans l'absence la plus complète possible, et la plus souhaitable pour son bon fonctionnement, de ce sujet, de ce sujet de l'énonciation si troublant, si gênant... Il n'y a pas d'écrivains là-haut, chez vous.

D. H. : Chez vous !

Ph. S. : Il n'y a pas d'écrivains. Et, chaque fois, je pense, quand je viens ici, au cher, très cher, Edgar Poe, que j'aime tellement et que, à quinze ans, avec Baudelaire, je commence à lire, etc. C'est lui qui me montre le chemin évidemment difficile de l'individuation non souhaitée. Et aussi à l'immense Melville mourant, oublié, employé à la douane de New York. Donc, je t'ai donné un exemple de rue, de promenade de rue. Mais ça peut se passer à chaque instant devant n'importe quoi, n'importe quoi apparemment : lapsus, mots d'esprit, jeux de mots qui se révèlent, petits rythmes. Et puis, tu sais, Rimbaud... Bon... : livres mineurs... usine qui devient mosquée... Tu connais le passage.

D. H. : Justement, ces jeux d'esprit, ces lapsus...

Ph. S. : Qu'est-ce qu'on cherche à travers ça ? Quelle est l'intention de celui qui, systématiquement, essaie d'attraper ce curieux miroitement ? Quelle est l'intention refoulée de cette énorme archive ? Quelle est l'intention d'Artaud quand, chaque jour, au jour le jour, il trace ligne après ligne ? Et, à la fin, tu sais qu'il faisait des bâtons... La nécessité peut devenir très forte de tracer, de tracer continuellement. Il faut vraiment être puissamment motivé ! La plupart des gens considèrent que ce travail n'en est pas un. « Mais qu'est-ce que ça veut dire ? Qu'est-ce que vous faites ? » etc. Tiens, voilà mes carnets.

D. H. : Ah ! les ratures ! Mais ce sont des ratures spéciales chez toi !

Ph. S. : Mais oui, oui. C'est spécial.

D. H. : Mais, quand tu rayes quelque chose, tu oblitères !

Ph. S. : J'oblitère !

D. H. : Mais c'est triste !

Ph. S. : Non.

D. H. : Parce qu'on ne peut jamais rattraper.

Ph. S. : Non, ce n'est pas triste parce que, tu vois, c'est assez joli.

D. H. : C'est joli ? Enfin, ça fait une jolie page.

Ph. S. : Eh bien, on peut la regarder comme ça, dans ce sens-là, si tu veux.

D. H. : Ah, c'est joli, mais...

Ph. S. : Ça, ce sont des passages oblitérés, mais qui sont repris après, n'est-ce pas...

D. H. : Ils sont repris où ?

Ph. S. : Juste après.

D. H. : Ah oui ?

Ph. S. : C'est continu.

D. H. : Mais, mais... ce qu'on a ici, c'est la première version, tout ça ?

Ph. S. : Voilà ! En général. Parce que c'est complètement continu, mot après mot, syllabe après syllabe, ligne après ligne.

D. H. : Mais est-ce que tu fais aussi d'autres brouillons ou quoi ?

Ph. S. : Oui ! Je t'ai montré... Il y a des tas de carnets, il y a des tas de feuilles sur lesquelles je travaille, à part.

D. H. : C'est *Paradis* ?

Ph. S. : C'est *Paradis*.

D. H. : Alors, tu commences avec des petits carnets...

Ph. S. : Je commence dans ma tête...

D. H. : Mais, on parle de l'optique de l'écrivain...

Ph. S. : Eh bien, tu vois, cette optique est, finalement, très étrange. Elle est étrange parce que le sujet qui se fait là c'est un sujet qui traverse l'optique, comme j'ai dit à propos de Dante... « Dante est la traversée de l'écriture. » C'est un sujet un peu bizarre. C'est comme la constitution de particules élémentaires... Il est dans les ondes, l'écrivain, n'est-ce pas ; il traverse les cloisons, il passe à travers.

D. H. : Qu'est-ce qu'on valorise finalement ? L'optique.

Ph. S. : Optique, dis-tu ?

D. H. : L'optique de l'écrivain, l'optique spéciale, l'oreille de l'écrivain aussi.

Ph. S. : On n'en parle pas assez de l'oreille, c'est étrange. Tu sais que je suis un maniaque...

D. H. : De l'oreille, oui.

Ph. S. : ... de l'audition et que j'ai là-dessus toujours tendance à répéter — en vain — que ça se fait par l'oreille.

D. H. : On n'a pas un mot pour ça. On ne peut pas dire « l'oreille de l'écrivain ». C'est « l'optique ».

Ph. S. : C'est absurde !

D. H. : C'est absurde, oui.

Ph. S. : C'est l'oreille de l'écrivain qu'il faut dire. Tout à l'oreille, tout à l'oreille !

D. H. : Quand l'écrivain a l'oreille ! Mais il est rare qu'il ne l'ait pas. Et le lecteur ?

Ph. S. : Hum... De deux choses l'une : est-ce que l'auteur est mort ou pas ?

D. H. : L'auteur n'existe pas ?

Ph. S. : Oh si ! Beaucoup ! Peut-être, justement, beaucoup trop pour le lecteur ! Il est hyperœdipien, le lecteur ! Autrement dit, l'auteur existe le temps que le lecteur se demande, avec angoisse, si l'auteur est vivant ou mort. Et, en général, il reste dans une indécision, là-dessus — ce qui lui permet d'être un lecteur.

D. H. : L'auteur en tant qu'homme ?

Ph. S. : Ah ! Eh, eh ! Voilà ! Voilà le problème : l'auteur en tant qu'homme, portrait de l'artiste en jeune homme !

D. H. : L'auteur en tant que création de l'homme, c'est autre chose.

Ph. S. : Eh... Tu touches, là, à des problèmes extrêmement complexes, parce que dans quelle mesure s'agit-il, dans tout cela, de l'homme ? « Homme », c'est beaucoup dire, c'est un gros concept. Très bavard... Bon, je ne suis pas fou, moi non plus. Nous savons que nous pouvons nous raconter qu'il s'agit d'une histoire d'homme, ou de femme. Les femmes s'y mettent, comme tu sais. Elles sont très agitées par ce problème de l'écriture, très significativement pour notre époque. Bon, je me suis expliqué là-dessus ailleurs. Mais personne n'a compris ce que j'ai dit. Ça a été pris comme une sorte de déclaration d'inquiétude misogyne, alors que, au contraire, au contraire... Que les femmes commencent à s'agiter sur cette question de l'écriture, sur le fait de savoir s'il y en a une de « féminine », ça va tout à fait dans mon sens, tout à fait... Ça ne peut que les mettre en question, les dissoudre... « Femme » aussi, c'est un gros concept, très lourd... « La Femme », quel ennui... Tant mieux si ça bouge... C'est très bien, très bien ! Ça m'aide ! Mais enfin, est-ce que l'écriture est une question d'homme ? Tu comprends, cette affaire de langage est quand même assez vertigineuse... Le Verbe... Je ne vais pas te faire le coup de « L'homme habite dans le langage », comme a dit quelqu'un, mais enfin c'est une formule un peu immobilière. Les philosophes ont souvent des formules, si tu veux, qui sont répétées avec dévotion, mais dont personne ne se demande si, en tant que métaphores, elles ne sont pas un tout petit peu révélatrices de la vie, finalement assez casanière, du philosophe. Le philosophe est un être intéressant parce qu'il touche souvent les choses qu'il faut toucher, mais comme sa vie — sa biographie — est, en général, peu passionnante, ça se sent dans le choix de ses métaphores. Je t'en donne deux exemples : « L'homme habite dans le langage », métaphore immobilière. Habiter, habiter... Pourquoi habiter ? Et je t'en donne une autre : « Le berger de l'être ». Bergère, dit l'être, rentre tes blancs moutons... la peur de l'orage... Bon ! C'est grossier ce que je dis, mais exprès, parce que, par exemple, ça peut me donner une petite séquence dans un coin. Le bergcr de l'être ! Habiter dans le langage ! Le philosophe essaie parfois de raffiner ses métaphores, mais ce n'est pas un écrivain, le philosophe. Il en souffre beaucoup. Il voudrait l'être, n'est-ce pas. Un des problèmes les plus fondamentaux, dès qu'il s'agit de la littérature, c'est le désir d'appropriation qu'elle suscite. Tu sais ce que ça fait jouer, comme question fondamentale, la littérature ? C'est : d'où viennent les enfants, c'est-à-dire l'immémoriale question. Parce que, dans ton drame, là, de danse, de clowns et de public, c'est aussi ça que les gens viennent voir, parce qu'ils ne sont jamais sûrs de la façon dont ça se fait, l'espèce humaine. D'où viennent les enfants ? C'est vraiment la question. On *croit* savoir. Il y a des réponses techniques, scientifiques. Tout ça... On découpe ça, et ça se fait. Mais il y a un doute. Il y a un doute dans l'esprit de chacun, il y a un doute dans les cultures, il y a un malaise. On a besoin de la catharsis, du spectacle, du théâtre, parce qu'il y a un doute. Et il suffit d'écouter parler les gens — ce que je fais, moi, attentivement, dans mon métier. C'est vraiment ma science de travail, c'est mon usine. Je pars à l'usine le matin, n'est-ce pas. Le matin... Dans la nuit, il faut bien aussi que je m'écoute moi parler, moi et d'autres à travers moi. C'est la scène du rêve. Et elle est importante ; car c'est là où se font les alliages de métaux précieux, les déplacements, les fusions, les fours. Dans la journée, j'écoute les gens, qu'est-ce que tu veux. Depuis toujours…

D. H. : Ce qui m'amuse et m'intéresse, c'est qu'il y a quand même des textes qui sont vraiment illisibles et qu'on lit couramment.

Ph. S. : Qu'est-ce que tu veux dire ?

D. H. : C'est-à-dire qu'on lit aujourd'hui assez facilement Kafka et Beckett, mais, à vrai dire, Beckett et Kafka, c'est illisible.

Ph. S. : C'est lisible-illisible…

D. H. : Et Céline aussi, mais c'est autre chose.

Ph. S. : Oui, oui. Qu'est-ce qu'ils lisent, finalement ?

D. H. : C'est justement ça !

Ph. S. : Ils ont les livres ; ils ont peut-être l'œil sur les lignes, mais est-ce qu'ils lisent ?

D. H. : Ce que je veux dire, c'est qu'ils lisent couramment, mais ils ne savent pas lire. Ils ne peuvent pas lire.

Ph. S. : On ne peut pas « savoir lire ». On est obligé de subir une expérience personnelle pour lire. Comment dire ça ?

D. H. : C'est l'histoire de regarder la peinture, n'est-ce pas.

Ph. S. : Il y a très peu de gens qui s'intéressent vraiment à la littérature. C'est une catégorie très spéciale de gens — tu devrais d'ailleurs t'expliquer toi-même à ce sujet — qui, en fonction d'une expérience personnelle sur laquelle ils restent discrets, sont amenés à s'intéresser à la littérature. C'est peut-être pour des raisons névrotiques, ou peut-être des raisons de connaissances très profondes, d'intérêts singuliers, très curieux. La personnalité de quelqu'un qui s'intéresse à la littérature — ce qui est très rare, très rare… est mystérieuse. Il y a beaucoup de gens qui font semblant, il y a des professeurs de littérature partout, des critiques, mais enfin un intérêt existentiel pour la littérature est quelque chose, j'allais dire d'aussi rare qu'un écrivain. C'est très curieux. Au fur et à mesure que j'avance dans la vie, je m'aperçois de cette rareté… Ils ont les livres, ils peuvent même parfois les avoir lus, mais ça ne les intéresse pas ! J'allais dire : pas plus que le salut de leur âme, si la question se posait. Donc voilà : mon problème a toujours été de trouver une solution à l'inclusion du fantasme de tout lecteur possible dans le texte, de ne pas laisser l'autre en dehors de ce qui est en train de s'opérer… J'appelle ça être un autreur.

D. H. : L'autreur !

Ph. S. : Je suis un autreur. Le contraire d'une autruche.

D. H. : Le jeu dans le texte. L'autreur.

Ph. S. : Le jeu, ce sont mes apparitions, en tant que moi, sur différentes scènes, dans différents moments physiques, mentaux, verbaux, géographiques, dans la mémoire, sous telle ou telle forme… Mais c'est là qu'on est justement dans l'opération qui consiste à ne pas prendre le moi pour le je. La dimension moïque entraîne toutes les inhibitions de lecture. C'est en tant qu'on reste lié à un moi qu'on a une difficulté à lire l'autre, c'est en tant qu'on a cette liaison au moi qu'on a, évidemment, des impasses à l'autre et, notamment, à l'autre sous sa forme la plus radicale, c'est-à-dire celle de son absence par rapport à quelque chose qu'il a écrit. Quelqu'un qui n'aurait pas cette liaison d'inhibition, autrement dit dont le moi serait « mort » ou, si tu préfères, aurait pris une forme utilisable par le jeu... pourrait tout lire, sans résistances. Est-ce que, sous la lecture, il n'y a pas toujours la même question : « D'où viennent les enfants ? » Où en est cette question dans *Paradis* ? Chaque sujet se trouve placé devant ce qu'il sent être l'autre en lui. Quand Nerval dit : « Je suis l'Autre », l'expérience commence...

D. H. : Et Rimbaud : « Je est un autre. »

Ph. S. : C'est ça. En tout cas, l'important, c'est que *je* sois considéré comme *pas moi*. Ou, si tu préfères, il y a une belle déclaration de Dieu dans le Buisson ardent, quand Moïse lui demande son nom et que le feu lui répond tu sais quoi ! « Je suis qui je suis », ou « Je suis qui je est », ou « Je serai qui je serai »... Je suis en plus du *je*... Pas en deçà, mais par-delà... Je suis ce qui fait que le *je* ne se referme pas, reste ouvert, indécidable... Tu vois qu'on retrouve notre Moïse de l'autre jour... « Apprends donc à te déplacer dans la dimension de la parole, dans sa vraie dimension, tout le reste étant de la grimace, de l'idole... » Tu sais que les êtres humains passent leur temps à ne rien dire, c'est-à-dire à parler beaucoup, à se raconter des choses. Ils ne peuvent pas s'en empêcher. C'est une de leurs activités absolument élémentaires et nécessaires, qui va depuis le petit langage enfantin jusqu'à la rumination sénile et en général la débilité sur fond de quoi nous parlons, n'est-ce pas, c'est-à-dire qu'il y a aussi ce fond de rumination incessant de la parole en nous. Lacan dit : les parlêtres. Nous parlons, nous passons par l'être. Nous rêvons, nous parlons les yeux fermés... Nous passons, le « passage », comme le sent Montaigne, l'étoffe des rêves de *La Tempête*... La grande lisibilité, tu vois, de *Paradis*, ne vient pas du tout du fait de lire ça à texte ouvert et de dire : « Ah oui ! tiens, il parle de ça. Tiens, il parle de ça. Tiens, il parle de ça », c'est de sentir — je dis bien « sentir », sentir — non pas comprendre, *sentir* —, et lire, de ce point de vue-là, ça devient de plus en plus *étrangement* sentir — sentir qu'il est question de l'Autre en soi pour autant qu'il saurait pourquoi savoir parler c'est savoir passer...

D. H. : Je me demande si c'est vrai ?

Ph. S. : Je crois... J'ai l'impression... Bien entendu, ça va donner des effets très différents. Je ne dis pas que les gens sont prêts à accepter l'Autre en soi. Au contraire, ils s'en défendent tant qu'ils peuvent. Ce qui veut dire qu'ils n'arrêtent pas de l'avouer. Ça les trahit.

D. H. : Je pense à ce passage de Chateaubriand dont on a parlé. C'est évident que, quand on lit ça, dans *Paradis*, on sait bien qu'on lit quelqu'un, une citation qui est non pas citée, mais commentée.

Ph. S. : Oui, commentée de la façon la plus simple. Ça consiste simplement à écrire les signes de ponctuation, c'est-à-dire virgule, point-virgule, point, point d'exclamation, point d'interrogation. Je montre Chateaubriand en train de tracer sa phrase. C'est un commentaire, en effet. Je l'ai fait avec Proust aussi regardant dormir Albertine. C'est un hommage, mais aussi une critique, le comique arrive tout à coup.

D. H. : Alors, le lecteur, il voit ça en tant que Chateaubriand commenté, la question de l'autre. Il s'engage dans un jeu avec le texte et avec l'autreur ?

Ph. S. : C'est une des techniques de *Paradis* mais il y en a bien d'autres. Cette technique-là consiste à montrer au lecteur éventuel, qui se trouve là à ce moment-là, qu'il pourrait abandonner sa position de dévotion à l'égard des textes canoniques de la culture : Pascal, Sade, Chateaubriand, Proust, etc.

D. H. : Ils en jouissent.

Ph. S. : Ils en jouissent... Mais supposons que je démontre, par de brefs passages de cet ordre, que toute la bibliothèque peut être traversée, en dansant, si je peux dire. Le lecteur est obligé de se dire : pourquoi pas moi ? C'est bel et bien de la dimension de l'Autre en lui qu'il s'agit, tout de suite. En effet, pourquoi pas moi ? Pourquoi pas tel ou tel ? La question la plus intéressante que je trouve sur le chemin de cette écriture, c'est, de la part des autres, « Pourquoi pas moi ? » Eh bien, justement, il ne s'agit pas du « moi ».

D. H. : Enfin, c'est une œuvre qui résiste à la codification.

Ph. S. : La difficulté vient de l'extrême lyrisme. On s'en est déshabitué… C'est un livre d'un lyrisme fou.

D. H. : Et le lyrisme, c'est plus personnel que tout ?

Ph. S. : C'est plus personnel et impersonnel que tout. C'est pour ça que ça pose au sujet la question de savoir s'il peut être je dans l'autre.

D. H. : Mais c'est notre distance, dans ce cas.

Ph. S. : Ah ! C'est la distance maximale, maximale, mais la proximité, aussi, maximale.

D. H. : C'est la distance de l'auditoire, de l'auditeur, du lecteur en face de l'œuvre d'art ?

Ph. S. : Du lyrisme comme ça, à vrai dire, ça ne se fait pas. C'est une écriture, maintenant, qui est en position de pouvoir intégrer à son fonctionnement n'importe quel discours poétique ou lyrique existant.

D. H. : Mais aussi n'importe quel discours non poétique ou non lyrique ?

Ph. S. : Voilà !

D. H. : En gros, c'est lyrique. Mais on trouve des moments qui sont d'un antilyrisme choquant à côté de moments lyriques d'une beauté ou d'une sensibilité extrêmes. Alors, c'est ça qui choque.

Ph. S. : C'est ça. Oui. Ça choque... ? Je ne sais pas.

D. H. : Ça fait plaisir aussi, mais ça choque.

Ph. S. : Ça choque ? C'est le numéro du choc. Plus profondément, ce qui est ressenti — je me permets d'insister — comme étant choquant, c'est bel et bien, j'en suis sûr, la dimension transcendantale, qui s'entend fondamentalement dans cette écriture. C'est décisif. La question est tellement refoulée, tellement enfouie, tellement sur le point, d'ailleurs, de ne plus pouvoir rester enfouie et refoulée, mais d'être toute proche de son retour, que c'est ça qui choque. Donc, d'une part, le mélange, la contradiction entre les éléments dérisoires, comiques, grotesques, et une dimension qui est ressentie comme étant élevée, lyrique, épique...

D. H. : Oui.

Ph. S. : Et, plus profondément encore, l'étrange foi qui se dégage de cette parole qui s'écrit.

D. H. : Qu'est-ce que c'est que cette foi ?

Ph. S. : Eh bien (rire). C'est la question de Dieu, tout simplement.

D. H. : Est-ce que ça choque les croyants ou les incroyants ?

Ph. S. : Les deux, et de la même façon. Et c'est ça l'intérêt. Les croyants... Si tu veux, appelons-les comme ça. Mais ce que je démontre, c'est que tout le monde est croyant pour ne pas avoir à y croire. Je pense que toutes les attitudes de croyance, comme les attitudes d'incroyance, reviennent au même. C'est l'endroit et l'envers. Disons que ma position est mystique. Tu me demandais ce qu'est cette « foi » qui se dégage de *Paradis*, il me semble que c'est la forme que prend la conjonction, quelque part, de l'anarchie et de la mystique. Pablo Casals jouant Bach. C'est ça que je dis. Il ne s'agit, bien entendu, d'aucun croyance religieuse, d'aucune adhésion à rien, parce que j'aime autant te dire qu'aucun croyant adhérant à telle ou telle position religieuse n'y trouve son compte. Pour lui ou elle, c'est obscène. Bien ! Mais pas davantage n'y trouve son compte l'adhérent de tel ou tel système philosophique, persuadé que la question de la religion est dépassée. À lui, ça lui paraît trop religieux. Voilà.

D. H. : J'ai remarqué que, quand j'écoute, ça va très vite. Ça va très vite dans la lecture, mais ça va très vite dans l'écriture aussi.

Ph. S. : Je pourrais aussi le lire très lentement.

D. H. : Ça va très vite dans l'écriture ?

Ph. S. : Apparemment, mais c'est écrit très lentement, tu le sais.

D. H. : Et les sources ? Le lecteur peut savoir quelles sont les sources, ou non ?

Ph. S. : C'est bien possible, mais ce n'est pas important.

D. H. : Je dirai, par exemple, qu'un Français n'aura pas, par rapport à Shakespeare, la culture qu'il faut avoir, qu'il peut avoir. Bon ! Moi, ça ne me gêne pas. On voit, on entend des choses qu'on ne comprend pas toujours, qu'on ne peut pas identifier. Mais il y a aussi ce côté qui me passionne beaucoup, c'est l'aspect « catalogue ». C'est brillant chez toi, c'est une des innovations inouïes chez toi, n'est-ce pas, c'est-à-dire que, au lieu de donner, de faire un discours sur le milieu, le contexte, tu donnes le contexte sous forme de liste, de catalogue. Mais, bien que ce ne soit qu'un catalogue, le lecteur — il faut bien que le lecteur suive ça de près — le lecteur peut reconstituer l'ensemble et jouir des éléments vécus dans le catalogue.

Ph. S. : La technique employée à ce moment-là est, en effet, celle du catalogue, mais perturbée. Là où je donne d'abord l'impression de faire un catalogue, tout à coup, à l'intérieur, se glissent des êtres de langage qui n'ont rien à voir avec ce catalogue et qui apparaissent, dans ce contexte, par la rime. Ça produit finalement un effet très classique qui vise à l'inquiétante étrangeté, à la familiarité qui devient tout à coup monstrueuse, à savoir qu'il y a des éléments dans un catalogue qui appartiennent à d'autres catalogues et que, par conséquent, le catalogue que je suis en train de faire à ce moment-là est lié à d'autres catalogues qui, eux-mêmes, sont liés à d'autres catalogues possibles donc, tout ça, c'est l'ensemble de tous les mots possibles en état de chute.

D. H. : Les mots, dans ton œuvre et dans l'œuvre de beaucoup de gens maintenant, ce sont des actions, des événements. Mais il y a aussi d'autres espèces d'événements qui résident dans un changement de vue, un changement de lieu, de lieux communs parfois. Il y a donc un changement constant, un chaos, à la limite. Mais visant une sorte de lieu absolu, homogène ?

Ph. S. : Une homogénéité indescriptible !

D. H. : Indescriptible, oui, justement, inquiétante ! Mais aussi rassurante, parce que c'est bien fait. C'est important, ça, que les gens sentent, en lisant, que ce n'est pas patati patata, ce n'est pas fait comme ça sans efforts, sans l'effort. On a l'impression que c'est un effort qui se dissimule, mais qui ne veut pas que les gens pensent qu'il n'existe pas. C'est un effort de se mettre dans le texte et dans la tête une présence très positive.

Ph. S. : Très positive, absolument, affreusement positive.

D. H. : Mais la présence du clown l'est aussi.

Ph. S. : Le problème est le suivant : comment peut-on être aussi positif? *Gloria patri et filio et spiritui sancto et in saecula saeculorum amen.* Voilà, c'est tout. À la limite, je peux, si tu veux, me contenter de dire ça — ce qui, évidemment, ne serait pas une grande œuvre d'art, encore que je te fasse remarquer que Monteverdi peut faire avec ça trois heures, quatre heures, six heures de musique absolument géniale. C'est ce que je fais ! Mais c'est ce qui est interdit désormais. Il faut vraiment être inhumain pour faire ça aujourd'hui.

D. H. : Qu'est-ce que c'est la musique chez toi et dans *Paradis*?

Ph. S. : Oh ! Tout est musique.

D. H. : Qu'est-ce qui est musique ?

Ph. S. : Comment te dire ça ? C'est, pour moi, l'image même de la positivité que je vise. Rien n'est plus positif que la musique. Non ?

D. H. : Moi, je sais ce que je veux dire quand je dis « positif ». Qu'est-ce que tu veux dire quand tu dis « positif » ?

Ph. S. : Je veux dire que c'est automatiquement hymne, louange, approbation transhumaine. Mais c'est autre chose que de la musique : ça vise à un silence qui n'est pas celui de la musique, un autre type de silence. *Qui ex patre filioque procedit qui cum patre et filio simul adoratur et conglorificatur...* Bon ! J'ai noté ça parce que j'ai écouté ce matin deux heures de grégorien, qui se passait uniquement sur ces phrases. De ce point de vue, je trouve que le plus grand théologien, c'est Monteverdi : la théologie en action... La façon qu'il a de faire résonner *Semper, Amen...* ou Bach. Canons, préludes, fugues... Alors, je prends la musique comme logique et je déploie une mise en scène de phrases. J'insiste sur la musique religieuse, c'est le trésor occidental. Le problème du *filioque*, par exemple, est d'une extrême importance. Tu sais qu'on s'est égorgé pour ça. C'est le grand schisme entre l'Occident et l'Orient. Je ne parle que de ça dans *Paradis*, que de ça. Je ne parle que de la procession du Père, du Fils et du Saint Esprit. Chacun ses manies... Moi, c'est ça. *Qui ex patre filioque procedit.* Qu'est-ce que c'est que ce procès du sens et du non-sens dans cette grande affirmation trinitaire? Saint Augustin et la Trinité... Tout ça passe à travers des tas de séquences, racontars, situations enfantines, allusions... Procès, procession, adoration, conglorification, c'est vraiment le flot qui porte le texte... Au fond, je n'arrête pas de dire la même chose, à savoir que c'est par le son que la cause de tout ce qui est peut être entendue.

D. H. : Puisque c'est si simple...

Ph. S. : Oh ! C'est très simple !

D. H. : Puisque c'est si simple, pourquoi c'est si long ?

Ph. S. : Parce que ça pourrait être très court.

D. H. : Pourquoi ce n'est pas court ?

Ph. S. : Parce que le point, extrêmement bref, à quoi ça pourrait se résumer, est l'infini même.

D. H. : Enfin, ce n'est pas si simple.

Ph. S. : Si, c'est très simple. Ça peut se réduire à un point.

D. H. : Ça peut se réduire à un point, mais ça peut s'ouvrir à l'infini ?

Ph. S. : Oui. Ce qui est exclu, ce sont les dimensions intermédiaires.

D. H. : *Paradis* ne finira pas ?

Ph. S. : C'est évident !

D. H. : Jamais, jamais ?

Ph. S. : Jamais !... Et c'est pourquoi je crois que ma mort y est inscrite d'une façon particulière, que tout le monde, à un moment ou à un autre, ressent.

[illegible]

[illegible]

[illegible]

[illegible]

[illegible]

[illegible]

[illegible]

V

D. H. : On va faire maintenant une expérience exégétique. Tu vas lire un passage de *Paradis* et le commenter. Histoire de voir les allusions, les enchaînements d'idées, de rythmes, d'attitudes. Tu choisis un passage qui est toujours en cours ?

Ph. S. : Oui. C'est frais, en plein travail.

(Lecture[1]*.)*

Ph. S. : Tu vois, la situation de départ est simple. Il s'agit d'un narrateur sur un toit, une terrasse. Tout à l'heure, on va s'apercevoir que, finalement, la vision sur laquelle est construit ce passage, c'est qu'il est sur le toit d'une grande ville ; donc, là où sont plantées, un peu partout, les antennes de télévision. Ce passage, je m'en souviens très bien, l'idée m'en est venue lorsque j'étais à Florence, en train de faire des recherches sur Dante. Ce qui me frappait beaucoup, lorsque j'étais dans ma chambre qui était, en effet, sur un toit, avec une terrasse un peu

1. *Paradis* (Seuil, p. 216-219).

plus loin, c'était l'extraordinaire coïncidence entre les coupoles d'églises qui étaient toutes proches, la Cappella dei Pazzi, que j'aime particulièrement pour son architecture de Brunelleschi, et puis les antennes de télévision qui étaient partout et qui couvraient les toits de la ville. J'imaginais Dante m'apparaissant dans la forêt des antennes comme lui-même avait vu Virgile dans une forêt naturelle. J'avais eu la même impression très forte, à Athènes, sur un toit aussi, avec les antennes de télévision et le linge qui séchait, et le Parthénon derrière. Le montage de la vision, c'était vraiment le Parthénon entre deux draps de lit qui séchaient, des slips, des vêtements, des sous-vêtements et, tout autour, les antennes de télévision. En arrivant ici à New York, de nouveau — tu vois l'endroit où nous sommes —, voici la terrasse, il y a moins d'antennes, parce que je ne sais pas où elles sont incorporées, mais il y en a quand même là-bas, n'est-ce pas, très visibles, sur le toit. Enfin, j'ai là, sous les yeux, la *Vue de Notre-Dame* de Matisse, qui date de 1914, et qui est d'une extraordinaire bizarrerie, parce que... Tu vois qu'on a le titre et on veut bien que ce soit Notre-Dame, mais je te ferai remarquer que, en 1914, Matisse a peint quelque chose comme ce qui pourrait être évalué, soixante-dix ans après, comme le World Trade Center. Cela, simplement pour te dire la valeur... le fait que le paysage, pour moi, peut prendre, brusquement, cette extrême valeur picturale contradictoire, à savoir le linge en train de sécher et des éléments culturels très nobles. Toujours la recherche du passage de l'un à l'autre, c'est-à-dire du plus banal, du plus trivial, du plus vulgaire aux références culturelles les plus élevées. Il y a les histoires qui se passent entre Artémis et Poséidon dans un coin secret et un peu réservé du Parthénon. Ils ont lavé leur linge, là, ces deux dieux ; ils ont lavé leur linge sale pour savoir qui allait prendre Athènes. Et tu sais que ça s'est décidé par une petite bagarre au cours de laquelle Athéna a planté sa lance dans le sol, l'histoire de l'olivier, etc. Poséidon… Selon un schéma très œdipien, d'ailleurs, c'est la mère qu'on a instituée patronne de la ville, de la Cité, des lois, alors que Poséidon, papa, n'est-ce pas, a été écarté, on lui a donné un temple, d'ailleurs très beau, qui s'appelle Sounion, un peu au large. Il surveille la mer. On l'a mis en quarantaine. Bon ! (Rires.) Eh bien, c'est comme ça depuis toujours, mais il n'y a pas de raison que ce ne soit pas comme ça en ce moment, dans chaque appartement, dans chaque chambre à coucher. Voilà ! Alors, le narrateur est sur le toit… La sensation que je veux donner à ce moment-là, c'est que, en même temps que les antennes de télévision, il va laisser sous lui le lieu géographique et historique pour commencer, un peu comme un cosmonaute, à penser à la chose qui me préoccupe tout le temps quand j'écris ce livre, c'est-à-dire l'énorme réseau d'informations en train de se développer constamment sur la planète, autour de la planète, et par satellites. L'introduction visible des ondes dans la vie humaine n'est pas si ancienne. Proust s'étonnait qu'il puisse y avoir le téléphone. Il a là-dessus des pages d'une fraîcheur naïve, n'est-ce pas ? Il trouvait que les demoiselles du téléphone, c'était quelque chose de merveilleux. On peut s'étonner des ascenseurs et des avions, et puis, maintenant, de bien autre chose. Comme disait Céline : « Finalement, les romanciers d'aujourd'hui continuent à copier le style classique, le style Bourget, le style de *La Revue des Deux Mondes*. Il n'y a qu'à prendre ça, rajouter les avions et le téléphone, et puis ça ira. » (Rires.) Voilà ! Eh bien, c'est ce qui se passe, n'est-ce pas. L'humanité se rajoute des métaphores techniques mais sans les imaginer subjectivement. Ce qui prouve qu'elle ne peut pas rentrer dans le devenir interne de la technique, ou plutôt qu'il est très difficile de faire coïncider l'évolution même du langage avec la prise, sur le réel, qu'a la science dans sa technique. Alors, moi, c'est un de mes problèmes constants, de faire que la percussion, la condensation, l'atomisation des syllabes, des mots, coïncident, d'une certaine façon, avec l'état actuel de la science… C'est un point, je crois, particulier de mon travail qui me distingue de tous les autres, radicalement. Je passe mon temps à lire des ouvrages scientifiques, évidemment pas extrêmement élaborés, mais, tout de même, de bons livres de vulgarisation, de bons livres de réflexion sur ce qui arrive aux particules, et ce qui arrive aussi en génétique, et en astronomie, la génétique et la biologie étant, pour moi, particulièrement passionnantes. J'essaye de voir un petit peu les nouvelles nervures, la nouvelle articulation logique, mathématique, de cet imaginaire qui descend de plus en plus dans le petit et l'encore plus petit, et puis qui va dans l'espace et le temps, très loin. Tu as vu que deux types ont récemment obtenu le prix Nobel parce qu'ils ont commencé à découvrir le bruit continu de l'univers ? En écoutant, à force d'écouter, ils ont vérifié, semble-t-il, l'hypothèse de l'explosion initiale de l'univers, le « big bang ». Et ça, ça m'intéresse énormément. Il semble donc que l'univers cosmique soit ramenable à un point d'explosion qu'on ne peut pas saisir parce que les mesures manquent à ce moment-là, les mesures de température, les mesures de temps. Mais enfin, ce qui est important, c'est qu'il y aurait comme une explosion dont tu ne peux que t'approcher, n'est-ce pas, mais qui, en même temps, donne la directionalité, c'est-à-dire la direction de sens. Peut-être qu'on ne pense qu'il y a un « univers » que pour éviter une explosion ? Par ailleurs, ce qui me frappe, c'est que, de son côté, Freud a fait un peu la même découverte, mais alors en tout petit, c'est-à-dire qu'il a commencé à entendre, dans le discours des gens, une référence obstinée, une sorte d'implosion qu'il appelait, lui, « la scène primitive ». Les autres sont en train de chercher la scène primitive de l'univers. C'est très révélateur, ces recherches d'origine, sans cesse. C'est très profondément motivé. Freud, dans le discours banal des gens, a commencé à entendre que ça tournait toujours autour d'un point, n'est-ce pas, qui serait comme un « little bing ». Un « little bing », qui s'entendrait dans les métaphores, dans les phrases, dans les lapsus. Un big bang, un little bing… Les types du prix Nobel ont d'abord cru que des pigeons parasitaient leurs antennes, et puis ils se sont aperçus que c'était carrément l'origine de l'univers qui parlait. Tu vois, je crois que ça, c'est un événement à la fois très comique, très sérieux, très beau… Alors, voilà ce que je dis : c'est que l'état du narrateur consiste à « s'en aller », pas dans un appareil, mais dans le langage, en passant à travers la multitude des informations… En même temps, je tente de décrire ce qui arrive au temps, à la perception du temps. On n'est pas là pour retrouver le temps perdu, mais pour vivre en direct la perte du temps, son trou, sa dissolution. J'ai l'impression que nous vivons une très grande mutation dans la façon même de concevoir le temps. Il y a une multitude d'apparitions dans le paysage lui-même, comme si *l'espace n'était qu'une petite concrétisation de temps qui n'aurait pas le temps de parler.* Mais peut-être qu'à travers cette expérience je retrouve une tradition métaphysique très ancienne… Peut-être que cela revient à une attitude qui fait que je suis traditionnel. Je le suis, évidemment, d'une façon qui paraît tout à fait explosée…

D. H. : Tous les hérétiques sont traditionnels.

Ph. S. : Probable ! Traditionnels au sens où le sacrificateur védique, si tu veux, ne se pose absolument pas la question de son individualité, etc., mais accomplit seulement un geste cosmogonique fondamental. J'ai l'impression ! Peut-être que tu peux dire que c'est purement et simplement un fantasme, mais j'ai la sensation, moi, que c'est absolument la position dans laquelle je me trouve quand je commence à écrire…

D. H. : Mais c'est le fantasme essentiel. Non ?

Ph. S. : En tout cas, je te dis que je l'ai.

D. H. : Et c'est bon de le savoir, n'est-ce pas ?

Ph. S. : Quand j'écris, c'est *in illo tempore.* Je suis au centre du monde partout, dans un ascenseur, une chambre, où que ce soit sur la planète.

D. H. : Ça se voit.

Ph. S. : C'est comme l'accomplissement d'un rite.

D. H. : Comme un enchaînement de mantras…

Ph. S. : Un enchaînement de mantras sur lequel se développe un hymne.

D. H. : Un hymne… On avait parlé de ça.

Ph. S. : … J'essaye de développer un roulement, un creusement, une liaison fine et générale et puis, tout à coup, il va y avoir interruption et arrivée de quelque chose de très rapide — comme une signature. C'est très lent, et puis, de temps en temps, ça signe très rapidement. Voilà l'image de ce qui se passe pour moi, un peu comme dans la science moderne, on voit passer le choc de l'antimatière, qui vient doubler, signer, un phénomène matériel, dit matériel. Je te signale en passant — tiens ! ça me revient à l'esprit à l'instant — que, dans le séminaire qu'il a intitulé *Encore*, Lacan, dans un petit chapitre qui s'appelle *Fonction de l'écrit*[1] — c'est un passage très intéressant —, est amené à parler simultanément de Joyce, de lui et de moi en disant que je suis comme lui, « illisible », ce qui est très gentil de sa part... Lacan, donc, fait allusion aux « quarks ». Il y a un écrit qui fait quark... Une matière de mots antimatière... Une façon qu'a la parole de sortir du monde, quoi. Encore... Bon ! Alors, tout de suite après ça, on entre dans des évocations qui sont des rappels de textes gnostiques. Par exemple des phrases comme : « Je suis toi et tu es moi. Et, où que tu sois moi, je suis toi. » Bon ! « Où que tu sois, tu me rassembles. » « Je suis toi et tu es moi. Et, où que tu sois, moi, je suis là et je suis en toutes choses disséminé. D'où que tu le veuilles, tu me rassembles. Et, en me rassemblant, tu te rassembles toi-même. » « Je me suis reconnu moi-même et je me suis rassemblé moi-même de toutes parts. » Ce sont des textes de la gnose tels qu'on les trouve, notamment,

1. Jacques Lacan, *Encore* (Seuil, 1975, p. 37).

dans un Évangile qui, évidemment, me touche de près...

D. H. : Apocryphe !

Ph. S. : ... qui s'appelle l'Évangile de Philippe.

D. H. : Mais pourquoi la gnose à côté du reste ?

Ph. S. : Je veux dire plusieurs choses à la fois. C'est le cas, vraiment. D'une part, que nous sommes maintenant, historiquement, dans un tournant comparable au Ier siècle. « Comparable », ça veut dire qu'il faut que je le fasse sentir, en réemployant pratiquement les mêmes phrases, les mêmes expressions, les mêmes concepts. Le narrateur a l'air de débarquer du IIe siècle au XXIe. Voilà l'effet. Deuxièmement, la sensation subjective de toute la modernité me paraît être très bien éclairée par la gnose, à savoir que le monde est la création d'un dieu secondaire, mauvais, maladroit et qu'il y en a un autre, n'est-ce pas, qui ne s'est pas mêlé de la Création du Monde, car, vraiment, ç'aurait été une erreur. Autrement dit, dans le moment de décollage sur le toit, avec mes éléments très modernes, j'ai besoin de faire sentir que je vais m'élever vers une contemplation de plus en plus haute de quelque chose qui n'a ni nom, ni figure, ni représentation, ni contexte, et que je vais repousser de plus en plus, rejeter, les phénomènes, formes, choses, représentations, et je vais faire ça, par un geste très répétitif dans *Paradis*, consistant à remettre l'accent sur la chute, sur la chute qu'est le sexe. La chute dans la génération étant la chute dans le sommeil et la mort. Le travail du narrateur, à ce moment-là, est un travail pour en sortir, pour se réveiller, pour remonter le temps, échapper au temps, à la mort. Regarde : ça parle d'histoires de feu brûlant, d'obscurité, de maladie chosiste, de maladie chosiste en silence, de devinette idiote engoncée... La devinette idiote engoncée, ça veut dire très exactement pour moi le fait d'avoir été mis dans un corps, avec la condamnation qui consiste à tourner autour d'une devinette, c'est-à-dire à ruminer tout le temps, dans sa pensée, le fait d'avoir à trouver tout le temps le sens des choses, alors qu'il est idiot, ce sens des choses, il est tout simple, il est tout bête, n'est-ce pas. Mais enfin, tout ça fait beaucoup de difficultés. Alors, tu vois, chute à ce moment-là, mouvement contradictoire. Je suis sur le toit... Le narrateur dit qu'il veut s'élever, se rassembler, rassembler ce qui lui ressemble, être le plus singulier possible... et il tombe. Obscurité, devinette engoncée... Bon ! Mais, en même temps... quelquefois, comme ça, je me retrouve en dehors de ça, j'arrive brièvement à « sortir », à jeter un coup d'œil « dehors »...

D. H. : On est en haut, on descend et on remonte...

Ph. S. : La chute décrite, ce n'est pas seulement la chute du narrateur, du sujet, mais c'est la chute, depuis toujours, des âmes, selon la théorie gnostique. Au fur et à mesure que les âmes tombent dans ce qu'on appelle la vie, elles prennent, au passage, des passions symbolisées, à l'époque, par les planètes, etc. Elles vont en enfer, c'est-à-dire dans la vie ; elles ramassent, au passage, la torpeur, la sensualité, l'âpreté au gain, c'est-à-dire les différentes sortes de libido, les désirs qui sont l'ignorance. C'est une conception que tu retrouves un peu partout, dans le bouddhisme notamment. Tout ça, c'est la chute dans l'ignorance. Le fait d'être, c'est être dans l'ignorance, dans le sommeil. Et tu vois que, là, l'insistance est mise sur le rouge, rouge, rouge, qui revient constamment. Le rouge et la chute dans le rouge, dans le sang, dans le voile des yeux, dans les choses aveuglantes, ce rideau de sang constitue l'Espèce. Tu as un sujet en train de tomber dans une cataracte de sang. On tombe dans cette vie rouge, marron, brunie, rouge, endormie, merdeuse, dans le rouge, dans la pourriture, n'est-ce pas, dans la pourriture qui a l'air d'être la santé ou la vie, mais qui n'est, au fond, que la mort en train de vivre. Et, là, tout à coup, intervient une proposition assez bizarre qui est : « L'être est une castration du non-être. » « *Omnis determinatio est castratio.* » Bon ! *Omnis determinatio est castratio*, c'est, évidemment, *Omnis determinatio est negatio* de Spinoza, transformé dans une proposition irrecevable par la conscience, qui est que le fait d'être n'est qu'une castration du non-être.

D. H. : Oui, oui.

Ph. S. : D'habitude, la castration serait plutôt pensée comme une sorte de castration de l'être, donc comme un châtrage possible de quelque chose qui existe en plein. Là, la proposition est renversée. En m'appuyant sur la citation de Spinoza qui veut que toute détermination soit une négation, donc que nous soyons nous-mêmes des négations, puisque nous sommes des déterminations, eh bien, c'est le non-être qui est perçu comme étant châtré par cette espèce de chute dans l'être. Mais alors, ce que je dis, c'est que la négation de la négation, c'est-à-dire la castration de la castration — qu'est-ce que ça peut être ? — « arrose notre patio ». Notre passio devient patio... On était sur le toit et, brusquement, je me retrouve, le narrateur et le lecteur se retrouvent dans un patio, c'est-à-dire terme espagnol ou arabe, avec le jet d'eau au milieu, n'est-ce pas, « invisible fraîcheur du jet d'eau ».

D. H. : Alors, subitement, on a changé de lieu ?

Ph. S. : Subitement, on change de lieu, parce qu'on vient de penser quelque chose. Plus exactement : on vient de penser à la façon de transformer sa pensée. Et ça entraîne un changement de lieu, physique.

D. H. : Dans ce monde ?

Ph. S. : Dans ce monde-là, oui !

D. H. : C'est ce que je voulais savoir.

Ph. S. : On est donc dans le patio. Je dis : « permanent repos sous l'arcade ». Là, c'est le sujet heureux : repos dans le Paradis. Le Paradis est un jardin.

D. H. : Le Paradis arabe.

Ph. S. : Oui, bien sûr. Et là, on voit, sur l'un des panneaux de la vision, le genre humain « drapé en parade ». *Parade*, c'est le contraire de Paradis, c'est ce qui reste dehors. Être dans le Paradis, c'est s'apercevoir que tout le reste est parade, parade dans les deux sens du mot : on fait parade, ça se montre, c'est fait dans le monde de la manifestation ; et, d'autre part, parade, ça veut dire en français, comme tu sais, parer un coup. Ça veut dire que ce qui se montre, qui s'exhibe, qui fait tellement parade est aussi une façon de résister... La parade elle-même est une façon de se défendre. *L'espèce humaine existe pour se défendre.* Contre quoi ? Je laisse la question dans l'obscurité, tout en te faisant remarquer que dans le Samkhya indien on trouve cette superbe image du monde entier comme une danseuse maya d'illusion, qui vient se montrer, qui parade, justement, devant l'Esprit. Tant que l'Esprit est occupé à autre chose — enfin, il est occupé à quelque chose ; on ne sait pas à quoi —, la danseuse fait sa danse qui dure, donc, pendant des millénaires. Et puis, brusquement, l'Esprit la voit ; elle est vue. À ce moment-là, très cérémonieusement, elle salue et elle disparaît. Elle a été vue. Peut-être qu'il la regarde tout le temps, depuis le début, et que ce n'est qu'à partir du moment où elle est satisfaite d'avoir été vue sous toutes ses formes qu'elle accepte de saluer et de s'en aller ? Et, avec elle, s'en va la manifestation du monde, tous les phénomènes, toutes les choses. C'est une très belle mise en scène. C'est très beau. Ça me paraît très vrai. D'ailleurs, l'Inde expose la métaphysique sous une forme théâtrale, n'est-ce pas ? Et maintenant, on revient au comique, c'est-à-dire au malentendu entre les sexes. Le ton redevient enjoué pour dire que les hommes sont centrifuges et les femmes centripètes. D'ailleurs, ça se voit dans les signes qu'on emploie maintenant pour désigner le mâle et la femelle, avec la flèche en haut à droite pour l'homme, un peu emphatique, en tous cas optimiste, pour marquer la force centrifuge ; et puis, la force centripète, c'est bien ce cercle avec cette croix inversée en bas. Au passage, je te signale que ce cercle avec la croix en bas est le pur et simple renversement de la forme traditionnelle chrétienne qui est le globe avec la croix dessus, pour montrer que la croix est victorieuse du globe. Il s'agit bien, dans ce contre-symbolisme, et pas par hasard porté par des femmes, de renverser autant que possible, de nier le plus possible (ou d'affirmer inconsciemment par cette négation — ce qui est une ruse du symbole) la conception chrétienne. Ce qui me paraît du plus grand intérêt, pour en revenir à ce que je te disais de la tentative actuelle de rétablir une sorte de culte archaïque de la grande mère. Ça m'a sauté aux yeux quand j'ai vu une très jolie femme, ici, porter ce symbole sur la poitrine, très gros, comme une médaille, exactement comme on pouvait voir, autrefois, des religieuses porter un crucifix sur la poitrine. C'est exactement du même ordre. Je dis qu'ils sont centrifuges, les hommes, et que les femmes sont centripètes simplement pour souligner que ces hommes ont à dépenser beaucoup de spermatozoïdes inutiles alors que les femmes sont quand même obligées de capitaliser ovulairement quelque chose de tout à fait différent. D'où deux conceptions du monde qui ne sauraient se confondre. Il faut être précis là-dessus, non ? Le capital ovulaire d'une femme, pour l'ensemble de sa vie, je crois que c'est quelque chose comme 700. C'est quand même assez peu étendu. Et comme tu sais qu'un seul spermatozoïde, sur des centaines de millions, est appelé chaque fois à féconder un de ces 700 ovules au cours d'une vie... Bref, ce remue-ménage dans l'affaire de la reproduction est, évidemment, un sujet actuel, brûlant, dont il serait tout à fait étonnant qu'un romancier ne parle pas... D'autre part, l'élément formidable du nouveau monde dans lequel nous entrons c'est bien ce que j'éprouve constamment : le fond télématique, c'est-à-dire le fait qu'on aura des banques d'informations et pas seulement de sperme. C'est très important. Mon livre est aussi un computer.

D. H. : Comment ça ?

Ph. S. : C'est une banque ! Mon ambition,

c'est qu'on s'aperçoive un jour que j'ai été, en quelque sorte, un grand banquier — pas au niveau de la monnaie bien sûr, hélas, mais au niveau du stockage, le plus élevé possible, d'informations. On appelle banques de données les endroits où l'information est stockée, où elle pourra être vendue, où on pourra la commander sur tel ou tel sujet, quel qu'il soit... Ces banques ont des noms merveilleux... Sais-tu comment on appelle la banque économique et industrielle, c'est-à-dire celle qui peut te fournir, par simple demande, tous les renseignements que tu veux, sur-le-champ, à propos de tel ou tel secteur de l'industrie ou de l'économie mondiale ? Elle s'appelle l'*Énéide* ! L'Énéide, comme Virgile ! Allô, l'Énéide ? Bien, bien ! Les informations médicales, c'est un peu moins poétique : l'*Esculape*... En tout cas, mon narrateur-banquier, banquier d'informations, exposant la vérité de la reproduction, est très surveillé, dis-je, par la police. Autrement dit : il y a un type qui veut s'échapper et il ne faut pas qu'il puisse s'échapper parce qu'il est porteur d'une vérité, peut-être, pour « l'autre côté ». Alors : alerte à toutes les patrouilles. Et là, jc dis : « Alerte à Somorrhe ! Alerte à Godome ! » Bon ! Eh bien, ça, c'est, si tu veux, la reprise parodique de la grande vision que tous les écrivains ont eue — tout les écrivains du XXe siècle — sur un mode biblique, à savoir que les grandes concentrations de civilisations modernes, eh bien, c'est Sodome et Gomorrhe, ni plus ni moins. Sodome et Gomorrhe ! Le titre de Proust. Proust en est arrivé, assez vite quand même, à cette sensation sur laquelle il a construit toute *La Recherche du temps perdu*. C'est impressionnant dans la mesure où ce que dit Proust, c'est que le temps est perdu en fonction du fait que, dans le sexe, il y a, au cœur, cette illusion. C'est une thèse extraordinaire. À ma connaissance, elle n'a pas encore été développée et, d'après ce que je prévois, elle ne le sera pas, sauf si je m'en mêle — ce que je fais, d'ailleurs, dans ce passage. Bon ! Tout cela ironiquement, bien sûr. Il n'y a pas de quoi s'énerver... L'élément biblique apparaît sous une forme amusante, comme une patrouille de police. Je ne dis pas Sodome et Gomorrhe, je dis Somorrhe et Godome. Ou encore Godorrhe ou Somome, les Somoméens, les Godorrhéens... Tu vois ? C'est-à-dire que je raffine sur cette espèce de police, police de l'espèce... La police est toujours sexuelle. Et comme a dit très joliment Lacan : « La police est là pour que ça circule. » La police doit faire circuler. C'est ça, n'est-ce pas, le fond du sens de la police : faire circuler. Faire circuler quoi ? Bien entendu, le furet du bois des dames : « Il court, il court le furet... » Il faut que le furet coure, coure en rond. La police est là pour ça.

D. H. : Ce sont les clowns, quoi !

Ph. S. : Des clowns qui ne font pas les clowns ! Les policiers sont des clowns — je suis bien d'accord avec toi —, mais enfin, le moins qu'on puisse dire, c'est qu'ils ont l'air très sérieux quand ils font leur métier.

D. H. : Oh oui !

Ph. S. : Donc, les clowns peuvent démasquer la police telle qu'elle existe, de façon pas drôle. Ensuite, voilà, je reviens sur le rapport père-fils-mère-fille, quelque chose que, depuis *Lois*, tu trouves constamment évoqué dans *H* et dans *Paradis*. Ce que je dis est là encore repris de la gnose. Le monde a été créé non pas par un Dieu Père, mais par la Sophia, tu sais, la Mère qui veut s'égaler au Père en méconnaissant sa propre Mère. Il y a du monde, il y a de la génération dans l'espèce dite humaine parce qu'une mère méconnaît ce qu'il en est de sa mère. La mère de cette mère qui crée le monde, elle, reste dans son père. Je t'ai déjà dit que, à la fin de *Finnegans Wake*, je voyais un grand thème gnostique : la fille qui revient à son père, c'est aussi la fin de *Sanctuaire* (de Faulkner). C'est très frappant, mais il faut savoir l'entendre.

D. H. : « *I go back to you, my cold father, my cold mad father, my cold mad feary father…* [1] »

Ph. S. : Oui, le passage est fantastique… Ce que j'aimerais retrouver, moi, c'est ce qui, du père, est caché dans cette affaire. Voilà donc un développement typique « au nom du père ». Et, tout de suite, évocation de l'histoire trinitaire. Là, on est dans une reprise de Dante, dans son

1. *Finnegans Wake*, p. 638. Cf. Jean-Louis Houdebine, Philippe Sollers, « La Trinité de Joyce », *Tel Quel*, n° 83.

Paradiso, à savoir comment une mère devient la « fille de son fils ». C'est quand même mystérieux... Ce n'est pas « fou » ou « froid » mais plutôt joyeux et en feu... Ça se met à tournoyer, mouvement immobile, et je veux faire sentir que ce qu'on lit comme des « lignes » est en réalité une spirale, une spiration, une hélice de souffle dont on ne sait pas *qui* la souffle... Un tourbillon, d'où finalement l'absence de ponctuation : mais cette absence veut dire que nous sommes, *nous*, des signes de ponctuation à l'intérieur d'un NOM qui est le texte lui-même en cours d'effectuation-disparition... Le livre est un Nom — majuscule — en cours de nomination... *Paradis* n'est rien d'autre que le développement du comment-être-dans-le-Nom... L'imprononçable n'arrêtant pas de se prononcer et de s'annoncer... En somme, le Saint-Esprit *procède* (mouvement) du Père et du Fils ; il remplit une fonction d'*adoration* (silence) et de *conglorification* (musique, chants) avec le Père et le Fils ; il devient *parole* (*locutus est*) par les Prophètes... Mouvement-silence-musique-parole... Et c'est de cette façon que le Fils, qui vient faire l'homme, « sort » d'une vierge qui, de mère, devient fille, etc. Trois en Un, Un en Trois, nœud d'une génération infinie comprise dans le langage, etc. Je crois que ça, c'est vraiment le fond du fond.

D. H. : Et ça : « *The more you listen, the better we sound* » ?

Ph. S. : C'est une publicité pour la radio. « Plus vous écoutez, mieux nous sonnons ! » Hein ?

C'est beau ! Eh bien, je me l'applique. Plus vous m'écouterez, mieux vous vous rendrez compte à quel point je sonne ! J'ajoute tout de suite : « Plus vous lisez, plus j'écris. » « *The more you read* », mieux j'écris. Plus vous lisez, mieux j'écris. Voilà ! Et, après cela, on redescend dans la cave, le caveau de l'existence, et, là, je me retrouve, dans une lutte avec les ombres qui assiègent le narrateur, la nuit. Ce n'est pas une évocation de rêve. C'est beaucoup plus fort que ça. Ce sont vraiment des apparitions, comme dans Homère ou comme dans Virgile, ou Dante, ou Céline dans *D'un château l'autre*, c'est-à-dire, vraiment, le voyage au pays des ombres, des enfers, sous terre. Je suis agressé de nouveau. C'est le rôle du voyageur épique qui a affaire à tout le non-dit, sous forme de spectres qui viennent, en quelque sorte, soit pour l'empêcher de dire, soit pour le supplier de dire. De nouveau il y a la vision de cette espèce de mère dévorante... « La rainure ventruche à baleine. » Ventruche, ça veut dire que c'est le ventre et le truchement, le truc, l'autruche aussi, l'autruche-ventruche, cavité de la génération. « Baleine », ici, c'est Jonas. Et puis, à la fin du passage, je dis : « Le moment est venu de prendre les choses dans une sorte de biais, de clandestinité. » Le narrateur, à la fin du livre, passera dans la clandestinité... « Comment donc ? À la Crapolonaise ? Chopin... Mais alors, aussi, à la Cracovie, à l'anglaise... » Eh bien, voilà, c'est l'élection du pape ! C'est cette histoire de pape polonais, qui vient de se produire, que je viens de voir à la télévision ici, à New York. Ça m'intéresse beaucoup. Pourquoi ? Parce que c'est la première fois qu'un pape n'est pas italien depuis quatre cent cinquante-cinq ans. Et puis, il y a 800 millions de gens par rapport à ça. C'est une des données essentielles de notre culture. Tu sais que je travaille aussi là-dessus. Voilà ! C'est un petit passage qui est encore dans l'état intermédiaire. Entre du déjà écrit et du presque définitif, à quelques corrections près.

D. H. : Mais où ça va maintenant ? La prochaine étape, c'est quoi ?

Ph. S. : Eh bien, je ne peux pas te...

D. H. : Simplement pour savoir.

Ph. S. : Pour savoir ?

D. H. : Pour boucler.

Ph. S. : Pour boucler ! Eh bien ça va être... Je vais reprendre, en profitant du fait que je suis ici — puisque tu m'interroges ici, voilà ce que je vais écrire demain matin et après-demain matin —, je vais condenser mes impressions de New York depuis trois ans, les notes de 1976, celles de 1977 quand je suis venu voir De Kooning, un des peintres américains que j'aime le plus (le geste en paraphe, la rapidité dramatique), et les notes que j'ai maintenant depuis deux mois... Et je peux te dire tout de suite que, comme j'habite tout près de Horatio Street... on va rejoindre, tu vois qui ! On va retrouver notre William. On va reprendre ça et commencer à dire à travers lui quelque chose de la civilisation américaine, de New York, etc. Et tu vas voir apparaître probablement une réflexion sur la monnaie que je n'ai pas encore élaborée, et notamment sur le dollar, la révélation des raisons de sa couleur. Ce vert... Ce vert de gris Uccello, ce vert noyé, vert cadavre... Ce vert de la moisissure et de la décomposition qui fait billet, trésorerie, banque... Le spectre en monnaie... Sur la plate-forme d'un tout autre Elseneur... Ce vert qui passe de main en main et qui, d'ailleurs, est plus ou moins appelé à disparaître puisque tout va se mettre de plus en plus en carte, en comptes d'ordinateur... Raison de plus pour l'analyser juste avant qu'il replonge... On est loin de Balzac, mais aussi très près, n'est-ce pas? Les coupures, découpures du grand cadavre des profondeurs... Tu sais, la littérature qui compte, c'est quand même celle, et plus que jamais, qui traite cette histoire d'argent... Ce qui m'intrigue, c'est cette unité de couleur du dollar... Ce vert définitif... Ailleurs, on met des couleurs variées : par exemple, nous, un Mazarin en marron-rose se transforme en Delacroix... Voltaire et Racine se baladent dans du gris-bleu, du rosâtre... Ici, pas de fleurs : le vert, le fond unifié de la question... Sans fard... Et, par-dessus, j'ai envie de faire passer un vent de tempête, la musique de la tempête... Effondrement et résurrection, le souffle, le rythme, l'air, la baguette...

New York, octobre 1978.

VI
FLASH-BACK : PREMIER ENTRETIEN 1975

D. H. : Vous déclarez que *Paradis*, votre nouveau projet, a une approche très différente de celle de *H.* Que voulez-vous dire ?

Ph. S. : Le paradis a bien changé depuis Dante... Peut-être que la formule qui indique le mieux le sens de mon titre est une phrase de Sade qui dit : « Tout est paradis dans cet enfer. » Mon but est de faire passer pour agréable ou du moins acceptable tout ce qui, ordinairement, serait le plus perturbant mentalement aussi bien que physiquement. Il est évident que mon approche a évolué depuis *H* : j'ai centré mon attention sur la Bible de manière plus radicale.

À la fin de *H*, il y a irruption du style prophétique. Mon type d'écriture a une ponctuation accentuée sur l'oreille du lecteur et pas du tout sur son œil. Le résultat est une ponctuation située entre œil et oreille, mais qui doit être activée par la voix. Mon expérimentation avec cette écriture m'a amené à une lecture en profondeur de la Bible : j'y ai été obligé.

Le texte biblique était après tout psalmodié et non ponctué, et donc sujet à un éventail d'interprétations. Vous savez bien que les commentaires ont joué sans fin sur ces possibilités, tout particulièrement les commentaires de la Kabbale. Ce que je veux faire, c'est relire toute la tradition biblique parce que je crois que nous avons atteint un moment historique où nous pouvons essayer de comprendre en profondeur le sens du monothéisme occidental.

— Il me semble qu'aujourd'hui l'écrivain est confronté aux racines les plus profondes et les plus fondamentales de notre culture car nous traversons une période de mutation sans précédent. Je suis allé à la Bible pour découvrir ce que tout cela signifie, ce que ça pourrait signifier. C'est pourquoi mon travail sur *Paradis* se concentre sur ce point. Je ne parle pas seulement du Nouveau Testament. De toute évidence, j'y décris le christianisme comme une aventure à la fois pathétique et comique. En cela, j'ai été inspiré par Joyce. C'est lui qui a amorcé ce processus de divulgation de l'ambiguïté complète du phénomène, qui est en même temps absolument pathétique et irrésistiblement drôle. Le côté illusionniste du christianisme est une des choses les plus drôles de notre histoire. Mais en même temps, je veux découvrir comment cette écriture fonctionne dans la Bible, dans la Genèse, dans les livres canoniques, et particulièrement dans les textes prophétiques.

D. H. : Vous parlez de vos textes non ponctués dont la seule ponctuation est auditive. Cela veut-il dire que lorsque je lis *H* ou *Paradis*, je peux varier la ponctuation ?

Ph. S. : Oui... non. Je ne pense pas que vous pourriez changer la ponctuation mais vous pouvez modifier l'accentuation, l'intonation, la manière d'interpréter. Quant à la ponctuation, je pense que ça ne varie pas. C'est-à-dire que la *place* de l'énonciation, à quoi se résume en fait la ponctuation, est rigoureusement contrôlée. Bien sûr, l'œil perçoit le texte comme non ponctué. C'est un piège.

D. H. : Je pense à Molly Bloom...

Ph. S. : Évidemment. Ça ressemble aussi à l'écriture automatique, ou au *Cut-up*, comme si c'était tapé directement sur la page. Mais ce n'est pas ça, et c'est là que ma stratégie entre en jeu. J'ai délibérément placé ce piège pour la rétine, laissant croire qu'il n'y a pas de méthode dans l'écriture de mes livres, mais un jour je vous montrerai mes manuscrits. Vous verrez des pages écrites à la main, laborieusement révisées dix, quinze, vingt fois. Je veux donner l'impression que j'écris mécaniquement mais en fait, c'est fait avec le soin d'un scalpel pour séparer de fines couches de tissus, opération d'une très grande précision. Je pense à une opération que j'ai vue en Chine, une opération de la cataracte, où il faut couper avec beaucoup de soin mais quand même assez rapidement pour que l'aiguille excise le cristallin qui bloque la vue. Ou alors, quelque chose comme l'acupuncture. Ce sont là de très méticuleuses opérations d'un genre que j'ai introduit dans le texte que je viens de vous lire. Je sépare les lèvres du mot et je les traite comme un chirurgien le ferait avec des tissus délicats. Il y a un élément moléculaire, biologique.

D. H. : J'ai eu l'impression que c'était travaillé avec grand soin, mais pouvons-nous revenir à ma question ? Vous avez dit auparavant que l'absence de ponctuation dans la Bible ouvrait le texte à plusieurs interprétations…

Ph. S. : En effet : l'exemple le plus connu est le début de la Genèse qu'on peut traduire par : « Au commencement, Dieu créa le ciel et la terre », ou qu'on peut lire : « Au commencement Dieu se créa lui-même ». Cela dépend de la manière de le ponctuer.

D. H. : Est-ce cela que vous essayez vraiment de faire ?

Ph. S. : Je dis simplement que ma manière d'écrire m'a amené sur ce terrain. Personnellement, je ne cherche pas à condenser une multiplicité d'interprétations possibles en une seule énonciation. Ce que j'essaie d'écrire m'engage dans une aventure de clarification extrême. Je tente de dire précisément des choses qui, jusqu'à présent, n'ont été dites que par les voies les plus détournées ou, du moins, par une multiplication d'ambiguïtés au sein des éléments signifiants. Pourquoi est-ce un livre de clarification ? Parce que je le construis sur une base très solide, sur une interprétation sexuelle. Je lis la Bible, spécialement le Nouveau Testament, comme la mythologisation d'une aventure sexuelle. Mais cette « aventure sexuelle » est *avant tout* une aventure du discours. À partir du moment où nous envisageons que cette aventure est fondée sur un code ou un message sexuel, ce qui n'aurait pas pu être dit avant maintenant, elle devient à la fois pathétique et très comique. Et quand je dis que nous vivons dans une période de mutation, je crois que là est le nœud de la question. Tout ce qu'on ne peut exprimer que métaphoriquement, par allusion, par la création de mythes, par la superposition allusive jusqu'au n[e] degré, à partir du moment où on suit systématiquement une interprétation sexuelle, peut se clarifier. Par clarification je n'entends pas qu'on minimise mais plutôt qu'on acquiert un sens de la sédimentation ou de la stratification de l'interprétation, de tout ce qui a été déposé par la mémoire de l'espèce dans sa religion. Vous savez, on dit que ce que je fais est illisible, mais dès que je lis mon texte à voix haute, calmement, en montrant que je suis en mesure d'expliquer chaque chose, on s'aperçoit que c'est le contraire d'une occultation : c'est une divulgation.

D. H. : Et vos autres livres ?

Ph. S. : Je crois que mes « livres » commencent par *Drame*, qui a maintenant douze ans. Puis vous avez *Nombres* en 1968, suivi de *Lois* (1972), lequel constitue une cassure ou une rupture.

Puis *H*, et puis cette œuvre quand elle sera finie. Il y a également eu une période entre *Drame* et *Nombres* consacrée à des recherches sur l'utilisation de méthodes d'écriture très ascétiques. Mais c'est *Lois* qui a marqué la vraie rupture ; ce livre remonte à quatre ans. C'est un livre assez étrange qui a failli m'échapper. Je l'ai écrit dans un état de grande excitation, de rage. Le résultat est une sorte d'explosion de parodie, de comédie… C'est un livre très lumineux pour moi, tout du moins dans ma mémoire… Je l'ai écrit durant une période très lumineuse de ma vie. Le mode ascétique qui caractérisait *Drame* et *Nombres* qui était nécessaire comme forme de discipline pour réduire et étudier les matériaux a soudain, dans *Lois*, explosé pour se projeter en des milliers de ramifications. Je suis en plein milieu de cette aventure avec *H* et maintenant *Paradis*, et je crois que ça va continuer longtemps encore.

Ainsi, ce qui devient soudain manifeste est un projet qui ne se concentre pas uniquement sur la disposition formelle. Je me préoccupe maintenant moins des attributs formels du texte, bien que je reste très attentif sur ce plan. Mais j'insiste beaucoup plus sur le sens. C'est pourquoi je me suis attaqué à la Bible, parce que, après tout, ce… monument se dresse là sur mon chemin, ce monument intriguant autour duquel l'humanité occidentale tourne depuis plus de deux mille ans. En un certain sens, on peut considérer le christianisme et l'Islam comme des hallucinations par rapport au fondement judaïque de la Bible. Je m'y suis attaqué comme à quelque chose qui résiste fortement, qui ne cède pas aisément, dont la force se renouvelle sans cesse.

D. H. : En jouant contre deux mille ans de tradition, vous introduisez dans votre travail une tension puissante qui peut compliquer votre labeur de clarification. Dès qu'on fait intervenir ce paradoxe, l'œuvre se met à palpiter.

Ph. S. : J'ai le sentiment de faire cela par rapport à un des monuments de l'espèce au moment où cette dernière est sur le point d'abandonner celui-ci, parce qu'il cesse de régler quoi que ce soit. Mais c'est à ce moment précis qu'il commence à avoir une importance énorme. Il est vraiment frappant de voir la vision enfouie sous la culture chrétienne monothéiste que semblent ne plus comprendre les gens qui passent à côté des églises, y entrent, en ressortent, et les visitent comme des musées. Pourquoi ne prêtons-nous pas attention à ces questions de signification ? Peut-être parce que nous sommes encore trop à l'intérieur. Nous sommes à l'intérieur mais en train d'en sortir sans être conscients de tout ce qui s'est accumulé là comme sédiments.

D. H. : J'aimerais revenir à votre texte. J'ai été frappé par la variété des effets auxquels vous arrivez sans même de ponctuation.

Ph. S. : Commençons par les micro-séquences interprétatives. Vous avez remarqué l'emploi très délibéré du rythme. Je tente d'intégrer différentes traditions métriques. On trouve des segments décasyllabiques ou octosyllabiques, etc. Le résultat est que la ponctuation ne frappe pas au niveau de la phrase mais selon une rythmique, pas au niveau de ce qui est dit mais selon le rythme de l'énonciation. Il y a un effort mnémonique constant, une tentative de faire tourner le langage sans arrêt, de projeter une sorte de ronde. Je me suis concentré sur les rimes internes, en essayant de créer une versification-injection continuelle. Vous savez, l'aspect essentiel n'est pas l'absence de ponctuation. C'est la métrique et la rythmique.

D. H. : J'ai remarqué que vous avez tendance à employer beaucoup de catalogues. Ils sont parfois rabelaisiens, mais le plus souvent ils constituent des tentatives de clarification. À savoir que vous produisez des listes de synonymes ou plutôt quasi-synonymes, de mots, qui parce qu'ils ne sont pas précisément justes, forcent l'écriture et même l'esprit du lecteur. Le résultat est une sorte d'anti ou de pseudo-catalogue.

Ph. S. : Je joue constamment avec l'axe d'un système tout en l'évitant. Par exemple, on voit quand Joyce impose son matériel (pour vous mettre nez à nez avec une violation de la coutume). Dans mon travail, vous avez affaire à un glissement constant, toujours au bord d'un lapsus ou d'une plaisanterie sans jamais « sortir », sans jamais vous frapper directement. Le texte doit passer en glissant comme le souffle « se mouvant au-dessus des eaux ».

D. H. : Et si le lecteur pique du nez ?

Ph. S. : Il peut s'endormir. Et ça ne fait rien si ça arrive parce qu'à ce moment-là, il est encore sous le charme. Ça peut l'endormir, par exemple, comme la musique arabe et indienne peut fatiguer l'auditeur occidental, avec son oreille occidentale, habitué à une certaine mesure occidentale. J'écoute souvent de la musique indienne de cette façon ; au bout de trois ou quatre heures, on a l'impression qu'on pourrait la laisser toute la nuit, toute la journée. On pourrait revenir dans cette musique, la laisser, dormir, se laver, ne pas l'écouter, etc. Mon ambition est de produire un tissu que le lecteur pourrait pénétrer et dont il pourrait ressortir. Ça ne serait pas quelque chose qui est devant lui. Ça serait comme son souffle même, comme son propre sommeil, faisant partie de son laisser-aller quotidien.

D. H. : Comme dans *H* ?

Ph. S. : Ce n'est pas facile. C'est comme le tonneau des Danaïdes ; il ne vous reste rien dans les mains. Mais si vous acceptez de lire tout en oubliant ce que vous êtes en train de lire, en vous perdant (effaçant votre conscience) par votre lecture, vous connaîtrez alors quelques effets surprenants. Mon expérience avec les lecteurs est que lorsqu'ils ouvrent mon texte, certains ne parviennent simplement pas à y entrer — d'accord. D'autres entrent, commencent à nager, progressivement, s'arrêtent à un moment donné, parce qu'ils sont fatigués, ou que quelqu'un entre dans la pièce, ou parce que, comme vous disiez, ils s'endorment. Et à ce moment-là, ils s'aperçoivent qu'ils ont tout oublié. Je dirais que je mise sur cette impossibilité de se rappeler ce qui a été lu, sur le résultat de l'intensité de l'effet d'effacement ou passage à vide. Je ne parle pas seulement d'un « vide » dû à des contradictions de la signification, à l'annulation du sens. Mais d'un vide plus essentiel *dans lequel* résonnerait le langage. « Au commencement était le Verbe. » Vous savez ce que dit saint Ambroise : dans cette phrase, *était* s'étend à l'infini.

D. H. : Quand vous lisez, vous vous perdez dans le texte, mais en vous y perdant, vous êtes dedans et les effets s'impriment dans votre esprit ? Joyce a recours à cela également mais pas de la même manière. Après tout, il se peut que cela ait toujours été vrai du roman. Plus on voit, plus on entend, et plus on comprend, mais ces aspects du texte que nous ne pouvons voir ou comprendre s'introduisent malgré tout dans l'esprit par ce que j'appelle la vision périphérique. (Vous voyez un mouvement dans le coin de votre œil sans savoir précisément ce qui est en train de bouger.)

Ph. S. : Pourquoi Duchamp a-t-il créé ses « Grands Verres » ? Il a dit que grâce à eux, il entrait dans le « voyable », non pas le visible. C'est comme si je disais : « Ce n'est pas lisible, c'est lisable. » Vous transformez le rapport du corps avec l'objet qu'il contemple, lequel n'est pas vraiment un objet, étant transparent. Par rapport à la peinture, cela constitue une subversion. C'est quelque chose comme ça qui se produit dans mon écriture. Duchamp a toujours dit qu'il voulait projeter une quatrième dimension dans la troisième dimension. Avec le langage, ce n'est pas nécessaire de s'arrêter à la quatrième dimension. Nous pouvons créer des dimensions plus fines que géométriques. Nous pouvons même avoir plusieurs types de projections. Nous avons ainsi la variété joycienne de « triplicité » qui reste une énigme et qui à mon avis est fondée sur les spéculations de Joyce quant à la trinité catholique. Il a un jour déclaré quelque chose sur le ton de la plaisanterie. C'était au moment où il corrigeait des épreuves. Il y en avait trois jeux et l'un d'eux tombait tout le temps. Il dit donc : « C'est comme les trois personnes de la Trinité, on n'arrive jamais à tenir les trois en même temps. » C'est une allusion directe à son écriture. Quand on en saisit deux significations, il y en a toujours une troisième qui n'arrive pas sur le bout de la langue.

D. H. : Il parle également de la quadrature du cercle, en se référant à l'impossibilité de rendre identiques deux concepts antagonistes.

Ph. S. : Oui, évidemment, le cercle carré. Vous pouvez comprendre selon cette optique ou selon la mienne. Vous pouvez constamment diviser la couche de langage et la couche de sens afin de donner l'impression de planer sans cesse au-dessus de la couche de langage.

D. H. : N'est-ce pas fonction de la tonalité et des rythmes ?

Ph. S. : Pas seulement… Oui, dans le langage, ça prendrait cette forme de projection. Mais pour lire, il faudrait peut-être se trouver dans un état comme quand on « plane » avec une drogue. On n'est pas en mesure de déchiffrer, d'exercer des opérations logiques. On vit un autre rapport avec le langage. Le langage du texte est une base sur quoi glisse quelque chose.

D. H. : Voilà Sollers l'hypnotiseur.

Ph. S. : Si vous voulez. Après tout, la psychanalyse a commencé par l'hypnose. Le problème serait compliqué si l'effet de cette procédure était purement suggestif. Mais ce n'est pas le cas. La difficulté vient plutôt d'un excès d'interprétations réinjectées dans le texte.

D. H. : Juste. On interprète quand on écrit. Le lecteur interprète quand il lit. Il doit redécouvrir des formes que vous y avez mises, mais il doit également les formuler. Il y a une sorte d'effet double. Ce qui est intéressant dans tout cela, c'est que bien que le lecteur oublie une grande partie de cette expérience, et en dépit du glissement, il retient certaines impressions très claires.

Ph. S. : Quelques-unes.

D. H. : Certaines choses s'enfoncent vraiment. Mais sait-il et peut-il savoir précisément lesquelles ?

Ph. S. : Vous savez, je crois que oui. Dans le passage que je viens de lire, il y a un écho évident de l'Ecclésiaste : on a le rythme aussi bien que les mots de l'Ecclésiaste. Ça ne vient pas n'importe où mais juste après un traitement très emphatique des mutations sexuelles aujourd'hui. C'est suivi par une séquence aussi claire sur le développement de l'argent. Qu'est-ce que je fais dans ce passage ? Je fournis plusieurs niveaux de discours. Par exemple, il y a une émission de radio, de toute évidence fausse. Un cours d'université, de toute évidence faux. Faux et vrai en même temps. Vous avez une réclame, etc. Un tas de choses. Par exemple, « Tout s'imite sauf Éminence », un slogan publicitaire qu'on a vu dans tout Paris. C'est une pub pour des sous-vêtements d'homme appelés Éminence.

D. H. : C'est le genre de chose qu'un Américain est incapable de récupérer.

Ph. S. : Non, mais il y aura toujours un Français pour vous en parler. C'est comme « *Guinness is good for you* »... « *Genghis in ghoon for you* », dans *Finnegans Wake,* ce n'est pas évident pour un Français mais un Anglais vous dira : « Bien sûr, c'est une réclame de bière. »

D. H. : C'est de l'information privilégiée.

Ph. S. : Exactement. Mais bien entendu, on peut interpréter d'autres manières. Si vous ne savez pas que c'est un slogan, le jeu de mots en lui-même est frappant. Mais revenons à ce que je disais auparavant. Vous avez la référence à l'Ecclésiaste prise entre nos deux autres références. Tout cela se concentre dans le dicton biblique selon lequel il n'y a rien de nouveau sous le soleil. Le résultat est que la Bible devient un *leitmotiv*, réécrit, avec un rythme d'échos, paraphrasé, inversé, etc. Cela devient une sorte de carte ou de programme enfoui sous cette sculpture créée par moi et qui semble en surface inhospitalière à ce type de références.

D. H. : Dans ce cas, le lecteur idéal serait quelqu'un qui a étudié en profondeur la Bible.

Ph. S. : Mais qui lit la Bible ? Après tout, une rumination de la Bible peut se faire sans distance. La question est : peut-on avoir une distance (esthétique, intellectuelle) par rapport à la Bible ? Là est la question. À mon avis, ce genre de distance n'a jamais existé. La Bible est crue, récitée, réprimée, niée, hallucinée, etc. Nous faisons semblant que ça existe ou n'existe pas pour nous, mais nous ne pouvons éviter que ce soit là. Et je pense que toutes nos réactions, que nous en soyons conscients ou pas, sont absolument déterminées par le texte biblique.

D. H. : Mais vous avez dit que nous sommes en train d'abandonner tout cela.

Ph. S. : Peut-être. Mais pour nous distancier, il nous faut une autre conception du langage. Vous savez, j'ai dit aux participants du symposium sur Joyce : « Vous êtes, que vous le sachiez ou pas, complètement immergés dans une conscience religieuse, de quelque sorte qu'elle soit. Joyce fut peut-être le seul à être capable d'en sortir. »

D. H. : Croyez-vous vraiment qu'il en est sorti ?

Ph. S. : Je le pense… oui. Si pas Joyce, *Finnegans Wake* l'a pu.

D. H. : Comme texte ?

Ph. S. : Comme opération. Peut-être pas Joyce lui-même, mais qui était « Joyce lui-même » ? C'est difficile de demander à un écrivain où il en est, car il est toujours moins que ce qu'il fait.

D. H. : Pensez-vous que votre livre se distancie, se libère de la Bible ?

Ph. S. : Oui, je le crois, dans deux sens : il s'éloigne et il revient. Et puis, il s'éloigne et revient encore.

D. H. : Vous pensez que la religion est une névrose ?

Ph. S. : Il n'y a pas de sociétés non névrotiques. Vous savez, je suis convaincu que le rationalisme moderne et la psychanalyse ont cru l'un comme l'autre s'être débarrassés de la religion. Eh bien, la religion est contrainte de démontrer qu'elle existe encore. Ce n'est pas moi qui l'ai inventée. Je pense qu'elle persiste dans la tête de l'individu, dans ses impulsions productrices et reproductrices.

D. H. : La religion nous fournit des formules pour nos impulsions spirituelles et même sociales. Puisque nous avons besoin de telles formules, nous ne leur échapperons jamais tout à fait. C'est une présence nécessaire, consciemment ou pas ?

Ph. S. : D'accord, mais nous pouvons trouver une autre formule. Je crois que la religion est la forme allusive de quelque chose d'autre. On pourrait trouver une forme moins détournée pour ces choses-là, même si de fait nous sommes incapables d'exprimer ces choses directement. Par exemple, on ne peut verbaliser que de loin la jouissance sexuelle. Au moment où nous le disons ou pensons l'avoir dite, elle nous échappe.

D. H. : Tout comme Dieu.

Ph. S. : C'est de là que vient Dieu.

D. H. : J'ai un jour eu une discussion avec un pasteur anglais. Je lui expliquais que, pour moi, l'ironie est une manière de lire sans dire, une façon d'exprimer la lacune centrale, une absence dont la présence est signifiante. Il m'a répondu que c'est ainsi qu'on parle de Dieu, en termes de tangentes qui se rapprochent d'un cercle impondérable. Est-ce là ce que vous faites dans *Paradis* ?

Ph. S. : En un sens... en multipliant les points d'intersection. Ce n'est pas seulement l'ironie, le pathos, le comique. Il y a une sorte de turbulence, un flux de situations. Je multiplie les positions. Que ce soit l'Ecclésiaste, un faux cours, un fac-similé d'émission, une parodie de publicité. Toutes ces postures seront utilisées de telle manière que quelque chose aura été dit et en même temps n'aura pas été dit, mais qui produira un effet tragique — parce que c'est tragique, ou un effet comique — parce que c'est complètement comique, etc., et sans fin. Parce qu'il me semble que tout le discours humain tourne autour de cette absence-présence que vous venez de mentionner. Vous savez, il existe plusieurs manières de produire ce non-dit. Après tout, l'écrivain se définit le mieux par le fait qu'il ne dit pas, par sa manière *de ne pas dire* certaines choses.

D. H. : Il y a un certain nombre d'écrivains, comme Kafka, qui remettent en question le vide central. On pourrait dire qu'il est tourné vers ce que le mystique voit et dont il jouit en silence. Ce que Kafka fait laisse l'impression que quelque chose habite le vide central. Il y a aussi Beckett qui a déjà utilisé certains de vos procédés, spécialement dans *L'Innommable*. On peut même s'assoupir parfois en lisant Beckett. Lui aussi pose des questions qui n'ont pas de réponse ou qui ont deux réponses contradictoires ou plus.

Ph. S. : Je dirais qu'on peut également multiplier les réponses, fournir une énorme quantité de réponses (ce qui est ma méthode) à une question qui ne peut pas vraiment être posée. Il y a une différence évidente entre moi et Beckett : lui vise à la précision extrême, impose des microlimites qu'il ne cesse d'aiguiser et de suivre. Dans mon cas, on a l'impression que ça part dans toutes les directions, que ça s'en va, que ça revient, que ça saute par la fenêtre. C'est ce que j'appelle multiplier les réponses en vertu de l'impossibilité de poser une question réelle, celle qui n'aurait jamais de réponse. Qu'est-ce qu'une question qui persisterait comme question ? Peut-être une sorte d'affirmation enjouée, violente ? Il existe un autre trajet, la prolifération où chacun se perdrait dans une sorte de forêt vierge. C'est une possibilité très importante pour moi. Elle me permet d'intégrer le langage poétique. Kafka et Beckett ne peuvent pas se permettre le luxe de la poésie. Si vous examinez un extrait de *Paradis*, vous constaterez que je peux y inclure tout l'éventail du discours poétique existant.

D. H. : J'écris dans mon essai que vous avez récupéré la tradition rhétorique française.

Ph. S. : J'essaye de la placer dans une situation de glissement, de chute libre.

D. H. : Votre rhétorique ne fait pas semblant de dire quelque chose alors que la rhétorique classique assume toujours l'énonciation et ce qu'elle contient. J'ai dit récemment à quelqu'un que vous possédiez les attributs d'un prédicateur.

Ph. S. : Exact, il y a beaucoup de prédication. La prédication (vous voyez qu'on peut jouer avec ce mot — le fait d'assigner un prédicat) est après tout un moyen de faire surgir l'apparence d'un sujet. En tant que formule rhétorique, la prédication m'intéresse énormément.

C'est une forme que j'utilise de la même façon que j'utilise le discours publicitaire ou le discours universitaire, ou le discours carnavalesque ou même biblique. Mais vous devez imaginer un prédicateur qui commencerait son sermon d'un ton très sérieux et puis graduellement, au cours de l'écoute, vous commencez à vous dire qu'il y a quelque chose de bizarre qui se passe là. Voici un prédicateur qui va dire avec un sérieux apparent des choses étranges et folles. Il y a beaucoup de cela dans les *Séminaires* de Lacan, c'est toute une technique.

D. H. : Vous connaissez le chapitre de *Finnegans Wake* où Jaun joue au prédicateur.

Ph. S. : Bien sûr, et je pense que dans ce registre, on peut produire de la très bonne bouffonnerie, mais qu'on peut également exprimer certaines choses très sérieuses. Si j'avais écrit les prophéties de Jérémie, j'aurais pris le plus sérieusement du monde la violence de son discours. L'instant où le prophète se lance dans ses dénonciations m'intéresse énormément ; je veux dire le moment où il déclare : ne voyez-vous pas ce que vous êtes en train de faire, vous allez tout fétichiser, etc. Le nœud réside là pour moi. C'est un discours antifétichisation, anti-idolâtrisation, anti-auto-idolâtrisation. C'est pourquoi j'ai avec mon écriture un rapport qui interdit ou atténue l'appropriation. Je n'aime pas dire, en parlant de ce que j'écris, « mon livre », « mes livres »... J'essaye de maintenir la distance. C'est pourquoi la Bible m'intéresse.

D. H. : C'est peut-être une sorte d'élimination. Je pense à l'utilisation que Georges Bataille fait de la défécation comme perte ou déchet nécessaire.

Ph. S. : La Bible nous donne une belle version de ce phénomène. Elle ne parle que d'une seule chose, de la difficulté de faire entendre à la communauté humaine qu'elle doit se régler elle-même selon le Verbe et le Nom et non en fonction de produits de déchet transformés en idoles de prostitution. Cela donne des crises interminables. On va de crise en crise.

D. H. : Il est inévitable d'y retomber.

Ph. S. : Voilà ce qui est intéressant. C'est l'histoire de cette impossibilité qui intéresse Schönberg quand il écrit son opéra *Moïse et Aaron.* Il veut exprimer dramatiquement le fait que la source du langage s'avère intolérable pour la communauté. C'est pourquoi la psychanalyse est cruciale : elle essaye de toucher cette source. C'est comme si vous ne pouviez faire admettre à la communauté humaine qu'elle doit se régler elle-même selon la source du langage. Elle ne peut qu'*utiliser* le langage pour d'autres choses. C'est ce qui me fascine, la manière dont la Bible parvient à raconter de façon simple combien il est impossible de se soumettre à cette source. Nous sommes encore trop égyptiens, trop prêts à élever des idoles à la place du verbe vivant. C'est « à propos de ça » que j'écris.

D. H. : Tandis que vous lisiez ce passage de *Paradis,* je pensais à la structure, à la rhétorique, aux images, aux significations, aux effets de l'oreille, même au glissement que vous avez mentionné précédemment. Je pensais également à un objet-machine qu'on trouve dans nos musées d'art moderne, un orgue lumineux qui utilise un champ mouvant de lumières colorées pour produire une variété infinie d'effets abstraits sur un écran.

Ph. S. : Marcelin Pleynet a écrit un essai sur les tendances de la peinture américaine appelé *De la couleur à la ligne.* Pourquoi a-t-il choisi ce titre ? Nous sommes lui et moi sur la même longueur d'onde. C'est le problème que j'ai soulevé précédemment par rapport à Duchamp. Comment projeter une quatrième dimension au sein de la troisième dimension ? C'est le même problème avec le langage. Si vous allez du point à la ligne, au plan, au volume — c'est un ordre. Mais vous pouvez aussi concevoir un autre ordre, lequel hante l'art moderne de manière particulièrement frappante. Vous pouvez aller du volume au point, de la couleur à la surface. C'est un autre univers. Au lieu d'aller de l'individu à l'espèce, par exemple, vous partez, comme j'essaye de le faire, de la mémoire de l'espèce pour découvrir, de temps en temps, un individu. L'erreur est de penser que cette mémoire est « collective » : c'est une autre logique, simplement.

D. H. : Joyce fait quelque chose comme ça dans *Wake.*

Ph. S. : Oui, oui. C'est pourquoi c'est si difficile, pas seulement à cause de la difficulté du langage, mais en raison du retournement que ça présuppose. C'est une autre géométrie, une autre topologie, une autre relation à l'infini. *Finnegans Wake* est l'intervention d'un transfini dans le langage. Si cet autre univers est possible, alors le monde où nous vivons actuellement est infantile. Et, en effet, nous pouvons brusquement le percevoir comme cloaque et balbutiement enfantin.

D. H. : Ça me fait penser à Platon — avec une différence. Est-ce le « vrai » que vous cherchez ?

Ph. S. : Oui, la beauté et la splendeur de la vérité, certainement.

D. H. : Oui, mais elle n'est ni belle, ni splendide.

Ph. S. : C'est plus nietzschéen que platonicien. On ne peut pas s'en tenir à l'idéalisme de Platon une fois qu'on a sondé biologiquement la généalogie des valeurs. C'est une transmutation des valeurs. La « beauté », la « splendeur » ne sont plus des valeurs mais un rayonnement, une force abstraite.

D. H. : Vous avez parlé précédemment du comique. Je pense que vous voulez parler de la farce plutôt que de la comédie.

Ph. S. : La bouffonnerie, oui. Vous savez que je prends toujours part à des événements qui sont censés être sérieux. À ces moments-là, je suis envahi, et cela est vrai depuis que j'étais écolier, par l'esprit de moquerie. Vous vous rappelez ce que Mallarmé écrit dans *Un coup de dés* : « Tourbillon d'hilarité et d'horreur ».

D. H. : C'est cela, la farce. Les deux côtés.

Ph. S. : C'est l'horreur autant que l'hilarité. En parlant de Mallarmé, voici une autre référence. Dans *L'Éventail de mademoiselle Mallarmé*, on a ces vers : « Sens-tu le paradis farouche / Ainsi qu'un rire enseveli / Se couler du coin de ta bouche / Au fond de l'unanime pli ! » Voyez ce qu'il a fait. Il a relié le mot *paradis* au mot *farouche*. Et il parle à sa fille. À ma connaissance, personne n'avait jamais écrit auparavant « paradis farouche ». Mais je comprends immédiatement ce qu'il veut dire parce que c'est ce que moi j'essaye de dire. Regardez ce qu'il dit juste après : le rire est enseveli. C'est une rupture complète avec la tradition, spécialement avec la pensée platonicienne. C'est le mariage du ciel et de l'enfer. Rien n'est plus enseveli que ce rire. Cette vision n'est pas possible sans un très violent sentiment d'horreur. Comme dans la peinture de Picasso ou de De Kooning, par exemple.

D. H. : Même dans le passage de *Paradis* que vous avez lu tout à l'heure à haute voix, je sens la présence de l'horreur.

Ph. S. : Au début, particulièrement, on a une description de l'horreur ressentie devant la succession des générations. Vous avez entendu parler du rapport entre grossesse et cancer. On a découvert qu'il y a probablement dans le développement du cancer quelque chose de très proche de celui de la grossesse. Cela m'intrigue, d'autant plus que Freud a comparé l'analyse à une grossesse. Tout le passage est construit autour de cette idée. Vous savez, avec ces portraits de famille (les ancêtres), il y a un sentiment d'horreur qui rappelle *Igitur* de Mallarmé. L'horreur de se sentir éternel par rapport à ce flux des générations. En même temps, ça se rapproche rapidement de l'hilarité. On lit ici « au commencement était la valse ». Et vous avez immédiatement un jeu ironique avec la Bible. Mais tout de suite après, il y a une référence sérieuse et non ironique à la Bible. Par contraste, la séquence sexuelle devient comique. Donc, le sexuel est tour à tour comique et horrible tandis que la Bible est sérieuse et pleine de farce.

D. H. : Ce qui m'intéresse est que ces variations tombent dans un registre soigneusement limité. Je veux dire que vous n'interrompez pas le flux de langage. Vous ne permettez pas au lecteur de faire une pause pour étudier les détails ou réfléchir sur les effets. Au contraire d'une narration, votre texte ne mène nulle part en particulier. Il n'y a pas d'histoire ou d'épisodes…

Ph. S. : Ou plutôt il y a des milliers d'histoires, une prolifération de fragments narratifs qui ne mènent nulle part. Ce sont des profils impossibles comme ceux de Pollock. Vous tracez un trait et vous vous retrouvez face au vide ; vous en prenez un autre et… le vide encore. Prenez l'épisode de la voiture : je donne l'impression de commencer une histoire. Je suis dans une voiture. Le mot « défoncé » laisse entendre que j'ai fumé du haschisch. Je suis assis à côté d'une fille, et... Ça s'arrête alors et c'est remplacé par quelque chose d'autre. Il y a un tas de petits bouts comme ça qui constituent soit des modulations, soit des transitions, mais qui sont tous fondus dans l'ensemble. On ne sait jamais où l'éventuel narrateur de tout ça peut bien se situer. Il est dans une voiture, il est dans un avion, il regarde la télévision, il écoute la radio, il apprend une langue dans une classe, il écoute quelqu'un parler, ou il est en train de faire l'amour quelque part, ou il participe à quelque aventure, ou bien il a sept ou huit ans, ou alors il en a deux, ou alors il est aussi vieux que le temps, ou bien il a plus de souvenirs que s'il avait mille ans. Je crois que c'est tout à fait inhabituel. Généralement, dans un livre (vous avez parlé de Kafka et de Beckett), il y a une certaine unité d'énonciation, même si elle s'annule. Même quand vous avez des micro-histoires, on perçoit facilement l'identité ou la position du narrateur. Ici, c'est très difficile à déterminer, je crois.

D. H. : Est-ce que nous nous perdons ou est-ce que nous sommes dans un état de confusion ?

Ph. S. : Si on se pense comme identique, on est tout le temps perdu. Mais pourquoi ça s'appelle *Paradis*, parce que si nous nous sentons être toujours le même, nous allons de plus en plus en enfer. C'est là le vrai sens de ce titre.

J'ai essayé d'en parler au symposium sur Joyce[1]. C'est la nouvelle relation entre l'unique et le multiple. C'est très difficile, car nous avons tendance à penser point-ligne-plan-volume.

D. H. : Sans une structure, nous serions perdus ?

Ph. S. : Écoutez, l'essentiel est la perception que l'écrivain a de la répétition. Que pense-t-il de la répétition ? comment l'utilise-t-il ? et comment se situe-t-il par rapport à ses propres répétitions ? On voit en un coup d'œil si l'écriture n'est pas consciente de ses propres répétitions. Dans ces cas-là, les choses tendent à « se répéter ». C'est-à-dire que nous ne comprenons pas pourquoi il y a une page plutôt qu'une et demie. Il pourrait aussi bien y en avoir vingt, cent, huit cents. Vous savez, nous parlions précédemment de ce mystérieux moment où quelque chose trouve son équilibre.

D. H. : Oui, nous parlions de la possibilité de finir une œuvre ou même une phrase.

Ph. S. : C'est pour cela que je ne me préoccupe pas des problèmes de début ou de fin. Ce n'est pas le début ou la fin qui constituent un problème, quoique cela ait pu être possible. Une fois de plus, je me référerai à la métaphore de la psychanalyse dont Freud dit que les seuls moments mesurables sont le début et la fin. Entre les deux, c'est comme au jeu d'échecs. C'est infini.

1. Paris, juin 1975. « Joyce et Cie », *Tel Quel*, n° 64, 1975.

D. H. : C'est une jolie métaphore, mais nous pouvons la pousser plus loin puisque la véritable terminaison du traitement est quand le patient n'a plus rien à voir avec son docteur et dit : « Je ne veux plus jamais revoir ce type. »

Ph. S. : Mais ce moment ne peut être calculé d'avance ou prévu. Aussi, quand nous parlons de structure, il ne faut jamais donner l'impression que l'écrivain peut dire au départ : « Nous y voilà ; j'ai ma structure, je n'ai plus qu'à la remplir. »

D. H. : Il existe des écrivains qui font simplement ça.

Ph. S. : En effet, mais, à mon avis, cette procédure n'est pas intéressante.

D. H. : Elle est moins personnelle, moins « subjective ».

Ph. S. : Mais il y a aussi l'absence de suspense. Dans mon écriture, je suis toujours, par rapport à moi-même, en suspens. C'est très nécessaire pour avancer, reculer...

D. H. : Le lecteur est-il aussi en suspens ? Il n'attend pas que quelque chose se produise ?

Ph. S. : Oui, dans la mesure où ça joue contre sa résistance. Je crois qu'il résiste au fait qu'on exerce cette pratique. Voyez-vous, voilà autre chose dont nous aurions pu parler au symposium Joyce. Le *Wake* possède une structure. Mais la structure de *Finnegans Wake* est également le fait qu'il l'a écrit pendant une période de dix-sept ans, que les lecteurs ne savaient pas vraiment pendant ce temps où ça les emmenait (peut-être que ça n'emmène nulle part), que pendant cette période il prenait l'argent des gens (c'est aussi une part du *Wake*), que pendant cette période il faisait deviner aux gens le titre du livre, qu'il organisa même une épreuve avec prix pour la personne qui devinerait ce titre, etc. Cela constitue un « suspense ». Je ne crois pas que c'était un jeu, une plaisanterie. Je crois que ça faisait partie de son écriture. Il observait les réactions des autres durant toute la période de composition. Leurs réactions nourrissaient le livre. Je suis convaincu que l'une des sources principales de son inspiration fut les réactions produites par les extraits qu'il publia au long des ans, même s'il a transposé tout ça, l'a inscrit dans un projet bien plus vaste. C'est comme ça que je le perçois.

D. H. : On peut dire ça de Proust.

Ph. S. : Je crois que c'est vrai. C'est pour cette raison que c'est un jeu mortel, très délicat puisqu'il fonctionne en termes d'effets à brève et à longue échéance, d'effets sur la vie privée, etc.

D. H. : Je peux nommer un certain nombre d'écrivains qui ont écrit des livres d'une vie : Beckett, Proust, Goethe (*Faust*), Joyce, Mallarmé (*Un coup de dés*), etc. Pour chacun d'eux, vie et œuvre constituent un tout.

Ph. S. : C'est ce que tout le monde a tendance à oublier. Ils croient qu'on peut séparer la vie de ce qu'on écrit. Je pense que nous devons rappeler avec une rigueur extrême que tout coûte quelque chose. On ne peut rien écrire de valeur si ça ne trouve pas un écho extrêmement précis, qu'il soit douloureux, fastidieux, terrifiant ou très agréable, à quelque chose qui se produit dans le réel. Mais c'est là le plus dur à faire. Et voici le jeu fondamental. Quiconque écrit sans mettre en jeu la forme même de son être réel, que ce soit explicite ou pas, se dérobe, en fait, à l'expérience.

D. H. : Il y a un autre aspect des livres d'une vie dont nous parlions. Ces livres ont préoccupé ceux qui les ont écrits pendant des périodes extrêmement longues. Flaubert aussi avec *Bouvard et Pécuchet*. Ces écrivains-là se perdent, s'enterrent dans leur œuvre qui en quelque sorte double leur vie. Je pense que vous faites peut-être quelque chose d'analogue ?

Ph. S. : Je suis dessus depuis dix ans. Petit à petit, il deviendra clair que c'est ce que je fais. Petit à petit, le projet se dessinera mieux et avec plus d'évidence, et on verra qu'il y a aussi une composante rétroactive, ou une réécriture. Mais cela prendra du temps et constitue un élément de suspense, comme je l'ai dit.

D. H. : J'allais vous demander où vous allez à partir de maintenant. Mais vous me dites que vous ne savez pas.

Ph. S. : Non, je ne peux pas savoir. Après tout, si je savais, je n'irais pas. Je vais parce que je ne sais pas où je vais. C'est ce que Mallarmé a à dire dans *Igitur*. « Il peut avancer parce qu'il va dans le mystère. » Disons-le de manière plus moderne puisque ce n'est pas une question de mystère. Vous ne pouvez avancer que si vous ignorez où vous allez. Tout en le sachant avec une absolue certitude, bien sûr. Avancer signifie en réalité faire un pas de plus, écrire dix lignes de plus, et encore dix lignes, et puis encore dix lignes. C'est ce que signifie avancer en écriture. Écrire est ne réellement pas savoir où on va. D'autre part, c'est peut-être la seule façon d'avancer d'une manière réelle, si nous ne devons pas seulement bouger, aller d'un point à un autre. Sans ça, c'est toujours le même système. Partir dans telle direction, passer par les mêmes points, marqués par des moments de religion ou de loi sociale. Personne n'est obligé de suivre cette voie, mais si effectivement vous la choisissez, vous ne pouvez pas suivre les traceurs de routes, vous ne saurez même pas comment vous vous déplacez. Comme dit Kafka : « C'est un bond hors du rang des meurtriers. » Vraiment, ça fonctionne en terme de suspension du jugement. Mais d'un autre côté, vous savez très bien par où vous êtes passé. On pourrait dire ainsi : savoir où l'on va n'est pas tant savoir où l'on va, mais savoir de mieux en mieux d'où l'on vient. Or on vient toujours et encore de l'enfer, n'est-ce pas ? C'est d'ailleurs cela qui est étrange : qu'on en vienne et qu'on en revienne.

Traduit de l'américain par Philippe Mikriammos.

Préface de Philippe Forest 7

Avant-propos de Philippe Sollers 21

I. Tu te trouves un peu français 39

II. Cela a été précieux d'observer 71

III. On va recommencer avec l'histoire de Joyce et Sollers 103

IV. Qui parle dans *Paradis* ? 135

V. On va faire maintenant une expérience 177

VI. Flash-back : premier entretien (1975) 199

DU MÊME AUTEUR

Aux Éditions Gallimard

FEMMES, roman (Folio nº 1620)

PORTRAIT DU JOUEUR, roman (Folio nº 1786)

THÉORIE DES EXCEPTIONS (Folio Essais nº 28)

PARADIS 2, roman (Folio nº 2759)

LE CŒUR ABSOLU, roman (Folio nº 2013)

LES SURPRISES DE FRAGONARD

RODIN. DESSINS ÉROTIQUES

LES FOLIES FRANÇAISES, roman (Folio nº 2201)

LE LYS D'OR, roman (Folio nº 2279)

LA FÊTE À VENISE, roman (Folio nº 2463)

IMPROVISATIONS (Folio Essais nº 165)

LE RIRE DU ROME, entretiens

LE SECRET, roman (Folio nº 2687)

LA GUERRE DU GOÛT (Folio nº 2880)

LE PARADIS DE CÉZANNE

LES PASSIONS DE FRANCIS BACON

SADE CONTRE L'ÊTRE SUPRÊME, *précédé de* SADE DANS LE TEMPS

STUDIO, roman

Aux Éditions Cercle d'Art

PICASSO, LE HÉROS

Aux Éditions Plon

CARNET DE NUIT

CASANOVA L'ADMIRABLE
LE CAVALIER DU LOUVRE, VIVANT DENON (Folio n° 2938)

Aux Éditions de la Différence

DE KOONING, VITE

Aux Éditions 1900

PHOTOS LICENCIEUSES DE LA BELLE ÉPOQUE

Aux Éditions du Seuil

Romans

UNE CURIEUSE SOLITUDE (Points-romans n° 185)
LE PARC (Points-romans n° 28)
DRAME (L'Imaginaire-Gallimard n° 227)
NOMBRES
LOIS
H
PARADIS (Points-romans n° 690)

Essais

L'INTERMÉDIAIRE
LOGIQUES
L'ÉCRITURE ET L'EXPÉRIENCE DES LIMITES (Points n° 24)
SUR LE MATÉRIALISME

Aux Éditions Grasset, collection *Figures (1981)*
et aux Éditions Denoël, collection Médiations

VISION À NEW YORK, entretiens avec David Hayman

Préfaces à

Paul Morand, NEW YORK, *GF Flammarion*

Madame de Sévigné, LETTRES, *Éd. Scala*

FEMMES, MYTHOLOGIES, en collaboration avec Erich Lessing, *Imprimerie nationale*

Composition Interligne.
Impression Société Nouvelle Firmin-Didot
à Mesnil-sur-l'Estrée, le 15 octobre 1998.
Dépôt légal : octobre 1998.
Numéro d'imprimeur : 44588.

ISBN 2-07-040510-9/Imprimé en France.

85931